U0609763

百岁所思

周有光/著

庞旸/编

天津出版传媒集团

百花文艺出版社

图书在版编目（CIP）数据

百岁所思 / 周有光著；庞旸编. -- 天津：百花文
艺出版社，2017.1（2017.2重印）
ISBN 978-7-5306-7189-4

Ⅰ.①百… Ⅱ.①周… ②庞… Ⅲ.①散文集-中国
-当代 Ⅳ.①I267

中国版本图书馆 CIP 数据核字(2016)第 322650 号

选题策划:徐福伟
责任编辑:徐福伟　　　　　　　　　　**装帧设计**:苏艾设计

出版人:李勃洋
出版发行:百花文艺出版社
地址:天津市和平区西康路 35 号　　**邮编**:300051
电话传真:+86-22-23332651（发行部）
　　　　　　+86-22-23332656（总编室）
　　　　　　+86-22-23332478（邮购部）
主页:http://www.baihuawenyi.com
印刷:天津长荣健豪云印刷科技有限公司
开本:787×1092 毫米　　1/32
字数:145 千字　**图数**:22 幅　**插页**:2 页
印张:9.375
版次:2017 年 1 月第 1 版
印次:2017 年 2 月第 2 次印刷
定价:39.00 元

目　录

从周有光一句话说起

邵燕祥

周有光先生有一句话,我一下就记住了:"孔子说:登东山而小鲁,登泰山而小天下;今天应该说:登喜马拉雅山而小东亚,登月球而小地球。"顺理成章,理所当然啊,这是什么样的高度,什么样的视野,什么样的胸怀! 这也正是在新旧世纪之交有光先生一再提醒我们的,过去是从中国看世界,现在要学会从世界看中国;然则我们就不仅背靠身后的历史,而且面向开放的未来!

惭愧得很,对于像周有光先生这样从20世纪初至今硕果仅存的百岁老人,我竟是到他八九十岁之际才知其名的。今天,在他退出经济界实际运作和相关教学生涯近六十年之后,又在他卸下从事三十多年的语文工作职务近四分之一世纪之后,我们从他近年出版的《朝闻道集》等著作中,看到了一个活跃在当代思想前沿的启蒙者的身影。我好像是被"倒逼"着去追溯他过去的足迹,他的生平,他怎样"在85岁那一年,离开办公室,回到家中一间小书屋,看报、看书、写杂文",他自己把这些"文化散文""思想随笔"统称为杂文,让我这个杂文作者得引为同道,感到莫大的鼓舞。而他经过超越其专业的阅读,谢绝了包括政协委员一类的社会活动,沉潜于中外政治经济文化以至历史的书籍,又及时从互联网采集最新的信息,最后化为若干关系千万人命运重大问题上独具慧眼的观点。此中凝聚了这一位耄耋老人多少日夜的心血和思考!

这本书所收主要是老人百岁前后之作,而兼收的零篇作品,最早是1985年《美国归来话家常》、1987年《漫谈"西化"》,以及1989年初的《两访新加坡》和《科学的一元性——纪念"五四"运动七十周年》,从中已可看到后来一些观点的端倪。而先生最可贵的思想贡献则似主要见于20世纪90年代,直到21世纪初形成文思泉涌之势,多半首发于《群言》杂志,正是资深编辑叶稚珊女士主持编务的时候吧,我也是在那前后才于浏览有关周有光夫人张允和女士报道的同时,特别注意或曰"发现"了周有光这一支健笔老而弥坚的锋芒。

老人在诙谐和调侃的《新陋室铭》里有句"喜听邻居的

收音机送来音乐,爱看素不相识的朋友寄来文章",这该是朝阳门内后拐棒胡同居民楼的生活写实。在这里除了从邮递员接收的,也有老人亲自写信封邮寄发出的可贵的资讯。从权威的数据网上下载的,如各国GDP的实际情况、排序等,不断随着网上的更新而更新,他是真心与朋友共享的。当然,不止这些,他还会寄来已发表和未发表的新作,征求意见。有光先生很看重一位热情的编辑庞旸女士对他文章的认真思考,曾把她写的介绍"双文化论"的网文下载寄我。我后来把就此写给周老的信,以《报周有光先生书》为题刊发在《文汇报·笔会》,加注介绍了先生有关的主要观点。现在我又应约给庞旸女士为百花文艺出版社选编的周老百岁前后重要短文代表作写序,深感这是"同声相应,同气相求"的文字缘、思想缘,是很使人欣慰的;或略不同于过去时代的"相濡以沫",而借用古诗"嘤其鸣矣,求其友声",总是差可比拟的吧。周有光先生现在所拥有的"友声"中,我想"素不相识的朋友"在数量上已远远超过他曾有的老友,以及有缘谋面亲炙的后生朋友,而且还将会不断增加的吧。

周有光先生以他百年沧桑的亲历,以他中西贯通的识见,在"博学之,审问之,慎思之,明辨之"基础上奠定顺天应人的乐观信念,是有强大生命力和感染力的。

老人虽已在今春封笔,但他馈赠给读者的十五卷文集,以及这一晚年之作的选本等,将把他对中国前途、人类前途坚定的乐观信念播撒世间。

2013年7月23日

辑 一

变阴暗为光明

当我无力改变环境的时候,我就改变我自己,去适应环境。如果既不能改变环境,又不能适应环境,我就不可能愉快。虽然不能改变环境,可是能够适应环境,我也就愉快了。这就是"我与我"的生活方式。

从1955年到1985年,在长长的三十年中间,我住在两间清朝建筑、年久失修的破旧房屋中。屋陋墙裂,难避风雨。有地板:轻轻走,地板就跳舞;重重走,地板就唱歌。这是坏是好呢?是坏,也是好。客人踏进前间的门槛,地板就立刻通知在后间的我:客人来了。地板有自动化的通报功能,不是有趣的事情吗?这一想,我就愉快了。

我终于乔迁,搬进新造的简易楼,有屋子四小间之多。我的书架多,而房间都很小,只能把书架拆开,分散塞进每一间房间里。查看一本书,要行走串门,来回寻找,很不方便。这是坏是好呢？是坏，也是好。我伏案过多，运动太少。串门找书，是一种工间运动，大有益于健康。这一想，我就愉快了。

我下放宁夏平罗的"五七干校"，只许劳动，不许看书。我的长期失眠症就此不治自愈了。这更明显地证明：有利必有弊，有弊必有利。人患其弊，我乐其利。

这种生活方式，古人说是"知足常乐"，今人叫它"阿Q精神"，我称之为"变阴暗为光明"。事物都有阴暗和光明两面，好比一张纸有正反两面。避开阴暗面，迎向光明面，我就有勇气"知难而进"了。

十几年前，我写了一篇《新陋室铭》，表白我的生活方式，曾用笔名刊登在某刊物上，现在抄录如下：

　　山不在高，只要有葱郁的树林。水不在深，只要有洄游的鱼群。

　　这是陋室，只要我唯物主义地快乐自寻。

　　房间阴暗，更显得窗子明亮。书桌不平，要怪我伏案太勤。

　　门槛破烂，偏多不速之客。地板跳舞，欢迎老友来临。

卧室就是厨室,饮食方便。书橱兼作菜橱,菜有书香。

喜听邻居的收音机送来音乐。爱看素不相识的朋友寄来文章。

使尽吃奶气力,挤上电车,借此锻炼筋骨。为打公用电话,出门半里,顺便散步观光。

仰望云天,宇宙是我的屋顶。遨游郊外,田野是我的花房。

笑谈高干的特殊化。赞成工人的福利化。同情农民的自由化。安于老九的清贫化。

鲁迅说:万岁! 阿Q精神!

我的长寿之道

2002年8月14日,张允和去世,享年93岁。

张允和在世时,我们上午下午都喝茶,有时喝清茶,有时喝英国红茶,有时喝咖啡。我喜欢喝咖啡,她喜欢喝好的清茶,"举杯齐眉"。我们的理论是,夫妇生活不仅要有爱,还要有敬。古代夫妇"举案齐眉",我们今天没有案了,就"举杯齐眉"。喝咖啡时大家举杯,这个小动作多少年,是一个小事情,很有用处,增加家庭生活的趣味,增加家庭生活的稳定。这是古代传下来的,很有道理,朋友来了,我们也宣传这个道理。

我们在外国当然喝咖啡,喝茶少一点,我们在国内也喝咖啡,不过喝咖啡比较少。中华人民共和国成立前,中国的咖啡店多得不得了,朋友聊天常常在咖啡店里面,也有男女朋友在咖啡店里谈恋爱。中华人民共和国成立后,资产阶级的东西都取消了。中国在咖啡店之前有茶馆,这是一个好制度。家里面地方小,或者不方便,茶馆里就很好。

我们很少吃补品,人家送来的补品,我也不吃。从前在银行里,很多人请客,不能拼命吃,山珍海味会吃坏人,瞎吃不好。我想健康最重要就是生活有规律,同时胸襟开朗是重要的。健康有物质一方面,有精神一方面。物质方面我们要求不高。不要生气,都是小事情,吃亏就吃亏。

我现在有"三不主义":一不立遗嘱,二不过生日,三不过年节。日常生活越来越简单,生活需要也越来越少。饮食上,很多荤菜不能吃,不吃油煎肉类,主要吃鸡蛋、青菜、牛奶、豆腐四样。但是牛奶和鸡蛋都不能多吃,鸡蛋一天一个。上下午各喝一杯红茶。穿衣服也简单,别人送的漂亮衣服没有机会穿,因为不出门,穿出来也觉得不自由。喜欢小房间,有利于听觉。旅游也发生困难,不能走长路。

我现在的生活简单:睡觉、吃饭、看书、写文章。我每个月发表一篇文章在报刊上,是杂文。我写作不用手写,而是用一台夏普打字机。夏普打字机的研发,曾从语言学的角度征求我的意见。1988年生产后送给我一台,当时一台五千五百元,许多中国人买不起,今天三千元一台,中国人还是不喜欢用。因为中国人都有了大电脑,而这种小电脑功能单一,不能游戏,这个投资就失败了。用了这台打字机以后,写作效率提高很多,我也提倡别人用电脑或者打字机写作。

我现在虽然不做专业的研究,但是语言学、文字学有新的东西,还是感兴趣。我看的东西很多,后来写成文章。我虽然是写着好玩,但是这里面有一些新的见解。

我每天看《参考消息》,《参考消息》还是有一些消息,你要会看,消息在字里行间,不在标题上面。美国和中国香港朋友每周都寄给我英文杂志。现在专业书看得少了,看历史、文化方面的书比较多,文艺书本来就很少看。

我年轻时生过肺结核,患过忧郁症。我们结婚的时候,家里的老妈妈偷偷找了算命先生给我们算命,说这对夫妇只能活35岁,我们就笑笑。我觉得算命先生没有算错,是医学改变了我的寿命。

我们认为,我们不可能长寿,因为青年时身体都不是挺好。我们的生活比较有规律,不乱吃东西,不抽烟,不喝酒,喝酒喝点儿啤酒。从前客人来,我们要敬烟,买了很好的烟,都请客人抽,自己不抽。我想生活有规律,胸襟要宽大,碰到许多困难胸襟宽大就无所谓。在世界上许多事情不可能样样都顺利的,吃亏就吃亏一点儿,没有什么了不

2016年，本书编者庞旸（右一）与朋友一起祝贺周有光111岁生日。

起，家里那么多东西都搞光了。日本人打仗，把我们老家的底子都搞光了，我们苏州虽然穷了，但是按今天标准来看，应当说还是很有钱。家里还有些古董，古董也是很值钱的，结果日本人来了，什么都没有了，那么多东西都搞光了，后来的东西更不稀奇。做人胸襟要宽，不生气，家庭里的许多事情都是一点点小事情。我的妹妹有一句名言："我们家庭主妇遇到的都是小事情。"

我们的照片从我很小的时候就有，但是"文化大革命"都抄光了。我当时是"反动学术权威"，在农村改造，家里没有人，造反派占了我们的房子，东西都随便扔。现在有的照片是亲戚多余或者复印给我们的。我们对财产都看得很淡，觉得是身外之物。许多人都问，你们度量为什么那么大？有人说，你们所以那么大气，因为你们娘家、祖先都是有钱，钱看惯了就不新鲜了，我想也有道理。佛教里有一句话，你对身外之物看得太重，你的精神就痛苦了。

有一次，我去医院做检查，填一个表，我写了97岁，医生给我改成了79岁。又有一次，一个医生问我长寿之道，我说你是医生怎么问我啊？很多人都问过我这个问题。以前我没有考虑过，但是后来思考了一些有道理的方面：我的生活有规律，不乱吃东西。以前我在上海有一个顾问医生,他告诉我:大多数人不是饿死而是吃死的,乱吃东西不利于健康,宴会上很多东西吃了就应该吐掉。还有一个有趣味的事情,我有很多年的失眠症,不容易睡着。"文革"时期我被下放到农村,我的失眠症却治好了,一直到现在我都不再失眠。所以,我跟老伴都相信一句话:"塞翁失马,焉知非福?"遇到不顺利的事情,不要失望。有两句话我在"文革"的时候经常讲:"卒然临之而不惊,无故加之而不怒。"这是古人的至理名言,很有道理。季羡林写过《牛棚杂忆》,各种罪名,都不要生气,都不要惊慌。这就考验我们的涵养和功夫。我想,首先,生活要有规律,规律要科学化;第二,要有涵养,不要让别人的错误惩罚自己,要能够"卒然临之而不惊,无故加之而不怒"。

2008年

朝闻道，夕死可矣

85岁那一年，我离开办公室，不再参加社会活动，回到家里，以看书、写杂文为消遣。

我生于清朝光绪三十二年(1906年)，后经北洋政府时期、国民党政府时期、1949年后的中华人民共和国时期，友人喜称我四朝元老。这一百年间，遇到许多大风大浪，最长的风浪是八年抗日战争和十年"文化大革命"，颠沛流离二十年。

抗日战争时期，我在重庆，一个日本炸弹在我身边爆炸，旁边的人死了，我竟没有受伤。"文化大革命"时期，我被下放到宁夏平罗"五七干校"劳动改造，跟着大家宣誓"永不回家"，可是林彪死后大家都回家了。

我一生中最大的幸运是无意中逃过了"反右"运动。1955年10月，我到北京参加全国文字改革会议，会后被留在文字改革委员会工作,放弃上海的经济学教学职业。过了几年之后,我才知道,"反右"运动在上海以经济学界为重点。上海经济学研究所所长,一位著名的马克思主义经济学家,自杀了。我的最优秀的一位研究生自杀了。经济学教授不进监牢的是例外。二十年后平反,一半死去了,一半衰老了。我由于改了行,不再算我过去的经济学旧账,逃过了一大劫难。"在劫不在数!"

常听老年人说:"我老了,活一天少一天了。"我的想法不同。我说:"老不老我不管,我是活一天多一天。"我从81岁开始,作为1岁,从头算起。我92岁时候,一个小朋友送我贺年片,写着"祝贺12岁的老爷爷新春快乐"!

年轻时候,我健康不佳。生过肺结核,患过忧郁症。结婚时候,算命先生说我只能活到35岁。现在早已超过两个35岁了。算命先生算错了吗?算命先生没有算错。是医学进步改变了我的寿命。

2003年冬天到2004年春天,我重病住院。我的99岁生日是在医院里过的。医院送我一个蛋糕,还有很大一盆花。人们听说这里有一个百岁老人,就到窗子外面来偷偷地看我这个老龄品种,我变成医院里的观赏动物。佛家说,和尚活到99岁死去叫作"圆寂",功德圆满了。我可功德圆满不了。病愈回家,再过斗室读书生活,消磨未尽的尘世余年。

老年读书,我主要读专业以外的有关文化和历史的书籍,想知道一点儿文化和历史的发展背景。首先想了解三个国家:中国、前苏联和美国。了解自己的祖国最难,因为历代帝王歪曲历史,掩盖真相。考古不易,考今更难。前苏联瓦解以后,公开档案,俄罗斯人初步认识了过去,中国还所知极少。美国是当今唯一的超级大国,由于戴高乐主义反美,共产主义反美,伊斯兰教反美,美国的面貌变得模糊不清。了解真实的历史背景困难重重。可是旧纸堆里有时发现遗篇真本,字里行间往往使人恍然大悟。我把部分读书笔记改写成为短篇文章,自己备忘,并与同好们切磋。

先知是自封的,预言是骗人的。如果事后不知道反思,那就是真正的愚蠢了。聪明是从反思中得来的。近来有些老年人说,他们年轻时候天真盲从,年老时候开始探索真理,这叫作两头真。两头真是过去一代知识分子的宝贵经历。

我家发生过一个笑话。著名的漫画家丁聪,抗日战争时期常来我家。我们一家都很喜欢他,叫他小丁。我6岁的儿子十分崇拜他。一天,我在家中闲谈,说小丁有点儿

"'左倾'幼稚病"。我的儿子向他告密:"爸爸说你'左倾'幼稚病!"弄得小丁和我都很不好意思。多年以后,我的儿子到了70岁时候,对我说:"其实那时爸爸的'左倾'幼稚病不亚于小丁。"

老来回想过去,才明白什么叫作"今是而昨非"。老来读书,才体会到什么叫作"温故而知新"。学然后知不足,老然后觉无知。这就是老来读书的快乐。

学而不思则盲,思而不学则聋。我白内障换了晶体,重放光明。我耳聋装上助听器,恢复了部分听觉。转暗为明,发聋振聩,只有科技能为老年人造福。

"朝闻道,夕死可矣",这是最好的长生不老滋补品。

2004年9月1日　时年99岁

终身教育，百岁自学

一位记者问我：你一生百岁，有点什么经验可以留给后人？我说：如果说有，那就是坚持终身自我教育，百岁自学。

记者一走，我懊悔了！百岁的人有的是，自学的人有的是，终身自我教育的人有的是，这怎么能说是我的经验呢？可是，"一言既出，驷马难追"！

新世界出版社张世林先生说："我们准备为你出版一本书，纪念你的百岁。"百岁不值得纪念，可是张先生的诚意应当认真报答。我手头没有现成的书稿，只有一包杂乱无章的资料，叫作《见闻随笔》[①]。我从中选择整理一部分，请张先生指教。

---

① 《见闻随笔》，周有光著，新世界出版社2006年1月出版。——编者注

《见闻随笔》的内容是所见、所闻、所思、所悟,无所不有,主要是文化演变的踪迹,中外学者的箴言,我记录下来给自己查看和思考,原来没有发表的打算;现在发表出去,喜欢浏览和思考的读者们或许也可以从中得到乐趣和启发。

这里有零星的信息,这里有片段的常识,这里也有人们开的玩笑,这里没有系统的学问。随笔写成超短篇,提示要点,不求详备。

关于零星的信息,书中有一个有趣的例子:"韩国不怕骂!"

池原卫,寄居韩国二十六年的日本人,写了一本大骂韩国的书,书名叫作《做好被人打死准备而写的对韩国和韩国人的批判》,提出大量十分辛辣的批判。想不到,这本书成了畅销书,一下子卖出几十万本。书中大骂韩国人:不懂礼貌,不知廉耻,不讲信义,不遵守交通规则,不重视子女教育,执着于伪善和名分,这样下去韩国将是一个没有明天的社会。韩国人感谢他在21世纪即将来临的时候,给韩国人提出别人不肯说的忠告。韩国人举行了许多次骂韩国人的聚会。最后请他出席再骂。他说,韩国人已经觉悟,不必再骂了。评论家说:一个有新闻自由而不怕骂的民族才是有希望的民族(《解放日报》)。

再举一个常识条目的例子:"什么是世界观?""世界观"一词曾经大为流行。常听到人们谈"世界观",常看到书籍报刊中捧出"世界观"的大题目。可是,什么是"世界观",我苦于无法明白。

我查《现代汉语词典》,其中说:"世界观,也叫宇宙观,人们对世界的总的根本的看法;由于人们的社会地位不同,观察问题的角度不同,形成不同的世界观。"我看不懂!

再去查《辞海》,其中说:"世界观,又称宇宙观,人们对整个世界的总的根本看法;自然观、历史观、人生观、科学观等是它的具体表现;在阶级社会里,世界观具有鲜明的阶级性;各种世界观的斗争,主要是唯物主义和唯心主义、辩证法和形而上学的斗争;世界观和方法论是统一的;辩证唯物主义和历史唯物主义是无产阶级及其政党的科学世界观;系统化、理论化的世界观就是哲学。"天呀!我坠入了五里雾中!据说,这个深奥的定义来自前苏联,前苏联用"世界观"衡量苏共党员的党性;前苏联瓦解之后,不知道俄罗斯如何解释"世界观"。

后来,不经意中,在一本借来的书中看到,一位哲学教授说(摘录):"世界观包含两种含义:(1)自然世界观,就是

2016年，本书编者庞旸和周有光。

宇宙观,人对天体构造的理解;古代认为天体是神,神有人性,主宰人类,作威作福;现代科学证明了天体的存在和宇宙的物理学运行规律。(2)社会世界观,人对人类社会的理解;古代认为君主和贵族统治人民是永恒的制度;现代社会学证明了人类社会的发展步骤是从原始社会、奴隶社会、封建社会到民主社会,逐步前进,虽有曲折,没有例外。"

啊!如此简单!使我茅塞顿开!"世界观"原来不神秘。《见闻随笔》中有一些关于看报和读书的经验谈。例如有一条:"看报有门道。"八十年前,我初进大学。老师教我如何看报。老师说,看完报,要问自己:今天哪一条新闻最重要?再问自己:为什么这一条新闻最重要?还要问自己这条新闻的背景是什么?如果不知道,就去图书馆查书,首先查百科全书,得其大要。我按照老师的教诲,看报兴趣顿时提高,感觉自己进入了历史的洪流。

还有一条:"读书按比例。"既要读文艺欣赏的书,更要读知识理性的书,一方面培养形象思维,一方面培养逻辑思维。偏食病不利于保护健康,偏读病不利于发展思维。

这些可能是微不足道的学习方法,对我来说,终身遵行,自觉有益。这里介绍出来,不知道读者们会不会笑我幼稚而迂拙。

《见闻随笔》中有一条:"差异在业余。"爱因斯坦计算,人的一生,除去吃饭睡觉,实际工作时间平均大约有十三年,而业余时间倒有十七年。一个人是否能有成就,决定于他如何利用业余时间。人人都能自学。自学永不太晚。

"终身教育,百岁自学",是我对自己的鞭策。

2005年6月24日　时年100岁

有书无斋记

　　《开卷》主编董宁文先生要我写一篇小文章,参加纪念《开卷》三周年的"我的书斋"专栏。我勉强算个书生,可是没有书斋,只能写一篇《有书无斋记》充数。

　　1956年,我从上海调来北京,住沙滩原北京大学内民国初年为德国专家造的一所小洋房里,占其中两间半房间,一间我母亲和姐姐住,一间我和老伴带小孙女住,半间做我的书房、客室、吃饭间,书橱留一半放菜碗。半间室内还放一张小双人床,给儿子和儿媳妇星期六回来住。

　　国外朋友听说我住在名胜古迹中,来信问我德国专家是哪位名人。小洋房年久失修,透风漏雨,已经破烂不堪。我在《新陋室铭》中写实:"卧室就是厨室,饮食方便;书橱兼作菜橱,菜有书香。""门槛破烂,偏多不速之客;地板跳舞,欢迎老友来临。"

改革开放之后,我们单位建造"新简易楼",这是北京建造住宅的开始。我分得两大两小四居室。我和老伴住一大间(15平方米);已经大学毕业的孙女住一大间(14平方米);保姆住一小间(8平方米),附带放厨房用品;还有一小间(9平方米)做我的书房兼客室。我的书桌很小,只有90厘米长,55厘米宽,一半放稿纸,一半放电子打字机。拿开电子打字机,可以写字。

我的书桌既小又破。一次,我玩扑克牌,忽然一张不见了,找了半天,原来从桌面裂缝漏到下面抽屉里去了。我请木匠来整修桌面,同时把一个邮票大的破洞也补好了,焕然一新。一位副部长来访,他奇怪我的书桌为什么这样小。我说,大了就无法放小沙发和大书橱。书桌虽小,足够我写文章了。

上海老同事来北京,告诉我"反右"运动中自杀和劳改二十年的多位老同事的故事。大家羡慕我"命大",躲开了"反右"运动,"在劫不在数",有自由做研究工作。他们说:宁可无斋而有自由,不要有斋而无自由。我说:心宽室自大,室小心乃宽。

人事多变。孙女儿出国了。我的老伴去世了。我家

2010 年,周有光在书房。

的空间忽然扩大了。可是，我的心境反而空荡荡得无处安置了。

2003年3月9日　时年98岁

窗外的大树风光

我在85岁那年,离开办公室,回到家中一间小书室,看报、看书,写杂文。

小书室只有9平方米,放了一顶上接天花板的大书架,一张小书桌,两把椅子和一个茶几,所余空间就很少了。

两椅一几,我同老伴每天并坐,红茶咖啡,举杯齐眉,如此度过了我们的恬静晚年。小辈戏说我们是两老无猜。老伴去世后,两椅一几换成一个沙发,我每晚在沙发上屈腿过夜,不再回到卧室去。

人家都说我的书室太小。我说:够了,心宽室自大,室小心乃宽。

有人要我写"我的书斋"。我有书而无斋,写了一篇《有书无斋记》。

我的坐椅旁边有一个放文件的小红木柜,是旧家偶然保存下来的遗产。

我的小书桌面已经风化，有时刺痛了我的手心；我用透明胶贴补，光滑无刺，修补成功。古人顽石补天，我用透明胶贴补书桌，这是顽石补天的现代版。

一位女客来临，见到这个情景就说，精致的红木小柜，陪衬着破烂的小书桌，古今相映，记录了你家的百年沧桑。

顽石补天是我的得意之作。我下放到宁夏平罗"五七干校"，劳动改造。裤子破了无法补，急中生智，用橡皮胶布贴补，非常实用。

林彪死后，我们"五七战士"全都回北京了。我把橡皮胶布贴补的裤子给我老伴看，引得一家老小哈哈大笑！

聂绀弩在一次开会时候见到我的裤子做诗曰："人讥后补无完裤，此示先生少俗情"！

我的小室窗户只有1米多见方。窗户向北，"亮光"能进来，"太阳"进不来。

窗外有一棵泡桐树，二十多年前只是普通大小，由于不作截枝整修，听其自然生长，年年横向蔓延，长成荫蔽对面楼房十几间宽广的蓬松大树。

我向窗外抬头观望，它不像是一棵大树，倒像是一处平广的林木村落。一棵大树竟然自成天地，独创一个大树世界。

它年年落叶发芽,春华秋实,反映季节变化;摇头晃脑,报告阴晴风信,它是天然气象台。

我室内天地小,室外天地大,仰望窗外,大树世界开辟了我的广阔视野。

许多鸟群聚居在这个林木村落上。

每天清晨,一群群鸟儿出巢,集结远飞,分头四向觅食。

鸟儿们分为两个阶级。贵族大鸟,喜鹊为主,骄居大树上层。群氓小鸟,麻雀为主,屈居大树下层。它们白天飞到哪里去觅食,我无法知道。一到傍晚,一群群鸟儿先后归来了。

它们先在树梢休息,漫天站着鸟儿,好像广寒宫在开群英大会。大树世界展示了天堂之美。

天天看鸟,我渐渐知道,人类还不如鸟类。鸟能飞,天地宽广无垠。人不能飞,两腿笨拙得可笑,只能局促于斗室之中。

奇特的是,时有客鸟来访。每群大约一二十只,不知叫什么鸟名,转了两三个圈,就匆匆飞走了。你去我来,好像轮番来此观光旅游。

有时鸽子飞来,在上空盘旋,还带着响铃。

春天的燕子是常客,一队一队,在我窗外低空飞舞,几乎触及窗子,丝毫不怕窗内的人。

我真幸福,天天神游于窗外的大树宇宙、鸟群世界。其乐无穷!

不幸,天道好变,物极必反。大树的枝叶,扩张无度,挡蔽了对面大楼的窗户;根枝伸展,威胁着他们大楼的安全,终于招来了大祸。一个大动干戈的砍伐行动开始了。大树被分尸断骨,浩浩荡荡,搬离远走。

天空更加大了,可是无树无鸟,声息全无!

我的窗外天地,大树宇宙、鸟群世界,乃至春华秋实、阴晴风信,从此消失!

2009年3月11日　时年104岁

大雁粪雨

1969年冬天，我随我的单位"中国文字改革委员会"全体人员去宁夏平罗西大滩"五七干校"，劳动改造。这里原来有二十来个劳动改造站。国务院有十几个直属单位连同家属，共约一万多人，占用其中两个站（"一站"和"二站"），我们单位分配在"二站"。我在那里劳动两年零四个月，这对我的健康有好处，我的百治不愈的失眠症自然痊愈了。

在那里的两年零四个月中，最有趣的记忆是遇到"大雁集体下大便"。

林彪死了，"五七干校"领导下令明天早上5点集合，听报告。早上我一看天气晴朗，开会到中午，一定很热。我就带了一顶很大的宽边草帽，防备中午的太阳。

快到10点钟时候，天上飞来一群大雁，不是几千，而是几万,黑压压如同一片乌云。飞到我们头上的时候,只听到一位大雁领导同志一声怪叫，大家集体大便，有如骤雨,倾盆而下,准确地落在集会的"五七战士"头上。

我有大草帽顶着,身上沾到大便不多。我的同志们各个如粪窖里爬出来的落汤鸡,满头满身都是大雁的粪便,狼狈不堪。当地老乡说,他们知道大雁是集体大便的,可是如此准确地落到人群头上要一万年才遇到一次。我们运气太好了,这是幸福的及时雨。我们原来各个宣誓,永远不再回老家。林彪死了，不久我们全体都奉命回老家了。

2008年

跟教育家林汉达一同看守高粱地

宁夏平罗的"五七干校"

在宁夏平罗的远郊区,"五七干校"种了一大片高粱,快到收割的时候了。林汉达先生(当时71岁)和我(当时65岁)两个人一同躺在土岗子上,看守高粱。躺着,这是"犯法"的。我们奉命:要不断走着看守,眼观两方,不让人来偷;不得站立不动,不得坐下,更不得躺下;要一人在北,一人在南,分头巡视,不得二人聚在一起。我们一连看守了三天,一眼望到十几里路以外,没有人家,没有人的影儿,没有人来偷,也没有人来看守我们这两个看守的老头儿。我们在第四天就放胆躺下了。

林先生仰望长空,思考语文大众化的问题。他喃喃自

032

语:"揠苗助长"要改"拔苗助长","揠"(yà)字大众不认得。"惩前毖后"不好办,如果改说"以前错了,以后小心",就不是四言成语了……

停了一会儿,他问我:"未亡人""遗孀""寡妇",哪一种说法好?

"大人物的寡妇叫遗孀,小人物的遗孀叫寡妇。"我开玩笑地回答。

他忽然大笑起来! 为什么大笑? 他想起了一个故事。有一次他问一位扫盲学员:什么叫"遗孀"? 学员说:是一种雪花膏——白玉霜、蝶霜、遗孀……林先生问:这个"孀"字为什么有"女"字旁? 学员说:女人用的东西嘛!

林先生补充说:普通词典里没有"遗孀"这个词儿,可是报纸上偏要用它。

"你查过词典了吗?"我问。

"查过,好几种词典都没有。"他肯定地告诉我。——他提倡语文大众化的认真态度,叫人钦佩!

哲理和笑话

那一天，天上没有云，地面没有风，宇宙之间似乎只有他和我。他断断续续地谈了许多有哲理的笑话。什么"宗教，有多神教，有一神教，有无神教"……

"先生之成为'右派'也无疑矣！"我说。

"向后转，右就变成左了。"他笑了！

谈得起劲，我们坐了起来。我们二人同意，语文大众化要"三化"：通俗化、口语化、规范化。他说通俗化是叫人容易看懂。从前有一部外国电影，译名"风流寡妇"。如果改译"风流遗孀"，观众可能要减少一半。口语化就是要能"上口"，朗读出来是活的语言。人们常写，"他来时我已去了"。很通俗，但是不"上口"。高声念一遍，就会发现，应当改为"他来的时候，我已经去了"。规范化是要合乎语法、修辞和用词习惯。"你先走"不说"你行先"(广东话)。"感谢他的关照"不说"感谢他够哥儿们的"(北京土话，流气)。"祝你万寿无疆"，不说"祝你永垂不朽"！林先生进一步说："三化"是外表，还要在内容上有三性：知识性、进步性、启发性。我们谈话声音越来越响，好像对着一万株高粱在讲演。

太阳落到树梢了。我们站起来,走回去,有十来里路远。林先生边走边说:教育,不只是把现成的知识传授给青年一代,更重要的是启发青年,独立思考,立志把社会推向更进步的时代!

1987年6月

傻瓜电脑的趣事

1988年春天,日本夏普公司送我一台电脑,名叫"夏普中西文电子打字机"。于是我开始每天用电脑写作。用了七年之后,这台电脑有些老化了,我的儿子给我买一台新的电脑,名叫"光明夏普文字处理机",这台"夏普"加上了繁体字。

爱称:傻瓜电脑

我们给这种电脑起个爱称,叫作"傻瓜电脑",因为它有如下的"傻相":

一、只要输入拼音,自动变成汉字,完全不用学习任何编码。

二、功能键的用法写明在键盘上,一目了然,不用记忆。

2010 年，周有光在用电脑写作。

三、它是便携式电脑,不占桌子,机内有打印器,写好文章立刻可以打印出来。

这样简便,不是给我们这些傻瓜用的"傻瓜电脑"吗?

只要注意一点:以"语词、词组、成语、语段、常见人名地名"等作为单位,尽量避免单个汉字输入。它有"高频先见"功能,同音选择极少。它有"用过提前"功能,选择一次,下次自动显示出来。用"双打全拼"输入中文,比手写"爬格字"快五倍,一天可做五天的工作。

86岁的老太学电脑

我今年(1995年)90岁。我的老伴张允和86岁。她热爱昆曲和古典文学,对拼音和电脑原来不感兴趣。以前只有一台电脑,我每天打个不停,她也无法插手。1995年春天,她利用多余的一台电脑,把她二十年来的昆曲笔记加以整理。

她是合肥人,说普通话带点儿合肥口音。人家说她的普通话是"半精半肥"——一半北京(精)、一半合肥(肥)。她一向觉得只要别人能听懂,说普通话何必太认真?可是,电脑非常认真,听不懂她的"半精半肥",拼音差一点儿就无法变成正确的汉字。为了拼音正确,她常常要查字典。她说,活到86岁才明白认真学好普通话是有用处的。

86岁的老太学电脑!在亲戚朋友中传为笑谈!

按钮娃娃

一天,我们的重外孙,名叫小安迪,来到我家。他2岁零3个月。给他各种玩具,他都不稀罕,最喜欢到电脑上去乱打字。我们说:"你呀,'清风不识字,何故乱打字!'"(古人有"清风不识字,何故乱翻书"的名句)。他说:他要打一封信给妈妈。

我的老伴说:"好,我来代你写信。"于是,86岁的外曾祖母,代替2岁零3个月的重外孙,用电脑写了一封信,加上一个题目:《安安的一天》。同事方世增先生看了觉得有趣,说:"我把这封信用'自动注音软件'给注上拼音,一行汉字、一行拼音,更加有意思。""自动注音软件"真灵,只要两分钟,一封信稿注上了拼音,分词连写!

安迪的阿公说:"安迪不到2岁就喜欢摁键、摁钮,是一个信息化时代的Button Baby(按钮娃娃)。"Button baby?新鲜名词!时代真的变了,孩子从小就跟电脑结缘了。

12岁的女孩看了一天就能打字

暑假来了。苏州的亲戚带了他的12岁外孙女儿,名叫蒋小倩,来北京度假。这个刚刚小学毕业的女孩,看到姑奶奶打电脑觉得稀奇。"这是什么?""这是打字机。""怎么跟我家的打字机不一样?""你家的是机械打字机,这是电子打字机。""噢!"小倩一眼不眨地看姑奶奶打字。

看了一天,第二天小倩对姑奶奶说:"让我来打,我要打一封信给我的奶奶。"姑奶奶说:"好,我看着你打。"小倩坐下就打。她打的第一句话是:"亲爱的奶奶:你知道我是用什么东西写这封信的吗?铅笔、钢笔、圆珠笔……你猜不到吧!我是用电脑写的。"

客人来了,姑奶奶去陪客人,由小倩一个人自己摸索。说也奇怪,客人走后,姑奶奶回来一看,她已经打好半封信了。姑奶奶说:"你自己打下去,打完我再来给你改。"午饭后她又聚精会神地打下去,一封信打好了。姑奶奶给她做了一些小小的修改,竟然成了她的第一封电脑书信。

姑奶奶对她说:你再在电脑上写一篇笔记,我给你出个题目,《我用电脑打的第一封信》,把你怎样用一天时间无师自通地学会使用电脑的经验写出来。小倩高兴极了。她写好了这篇笔记,说:"我带回去请我奶奶改。"

小倩离开我家回苏州的时候,姑奶奶问她:"这几天你来北京,什么最好玩?"她脱口而出:"电脑!"这个回答出人意料! 姑奶奶问的是什么名胜古迹最好玩,她可回答"电脑"!

13岁的女孩要提出中文打字倡议书

住在北京的小玲玲,我们的干外孙女,放假无事,来我家玩,跟小倩一见如故,成了好朋友。她看见小倩在打字,一声不响地看着。小倩走后,小玲玲说,我也要打字。小玲玲比小倩大1岁,已经进了初中一年级。

小玲玲一个人打字,干外婆忙着自己的事,没有去帮助她。遇到一个"额"字,打不出来。这怎么办?小玲玲只好走出房间来问干外公。干外公说:"a、o、e开头的音节,要先打一个'O',再打韵母。"小玲玲立刻打出了"额"字。

小玲玲把她的文章打好了。干外婆看了大笑! 干外公不知道她们笑的是什么,走去一看,原来这篇文章的题目是《新潮老头:我的干外公》!干外公说:"小玲玲胆子真大,敢于太岁头上动土！"小玲玲说："我还要跟同学们一起，写一个倡议书，提倡中小学生用电脑打字，输入拼音，自动变成汉字。"她的倡议书还没有拿来，不知道讲些什么。

86岁的老太能使用这电脑；12岁、13岁的孩子，看了一天也能使用这电脑。"傻瓜电脑"不傻。

1995年8月22日

"衣食住行信"

十五年之前，北京人家很少有电话。我家的电话是全国政协给我装的。我的两家邻居都借用我的电话。

今天，在北京，人人有"手机"，到处"人手一机"。吃饭时候打手机，走路时候打手机，工作时候打手机，没有手机几乎无法生活了。这在北京是从20世纪90年代开始的，变化真快！

美国成为每家有电话的"电话社会"是在长时期中逐步普及的。北京成为每人有手机的"手机社会"是在极短的时期内忽然出现的。遥远的"信息时代"来到我们的身边了。

什么叫"信息时代"？一刻不能离开手机，这就是"信息时代"。

我国传统说法"衣食住"，人生三大需要。后来改说

"食衣住"，因为"民以食为天"。

孙中山加了一个"行"字（交通），成为"食衣住行"，人生四大需要。今天北京满街都是汽车，这才明白孙中山加上一个"行"字，反映了生活的实际。

现在，要再加上一个"信"字（信息），改说"食衣住行信"，人生五大需要。

我们已经进入"信息化"时代，"信息化"是全球化的主要特征。

人是"信息动物"。"人为万物之灵"，依靠善于利用信息。语言是最基本的信息载体。语言扩大人脑的信息储存，组织信息成为知识，利用知识应付环境。

"语言使人类别于禽兽，文字使文明别于野蛮。"文字把语言传到远处，留给未来，开创"有史时代"。以语言和文字为基础，人们进一步创造各色各样的"传信技术"：电话、电报、录音、录像、广播、电视、电脑、手机。日新月异，层出不穷。手机小巧玲珑，集多种功能于一掌：通话、短信、摄影、会面、名录、计时、电筒、定位，功能不断增加。将来还会有翻译电话，我说汉语，你听到英语。"手机"是"顺风耳、千里眼"，各地的亲朋好友聚会到耳边眼前，共度良辰佳节！

在这样的生动活泼的"信息时代"，不能不更新我们的生活概念。

建议改说"食衣住行信"，人生五大需要。

2006年12月9日　时年101岁

美国归来话家常①

  《群言》杂志的编者要我写"美国归来"。写点什么呢？想到去年跟一位美国朋友闲谈"吃"。现在就谈一点儿家常中最家常的"吃"吧。

开门七件事

  朋友说：中国开门七件事——柴、米、油、盐、酱、醋、茶——实际都是"吃"。为什么"柴"放在"米"的前头？为什么"油"放在"盐"的前头？改说"米、柴、盐、油、酱、醋、茶"不好吗？他的话引起我思考"吃"的问题。

  "米"代表主食。大家知道，中国人主要吃米饭，其次

---

① 此文发表于1985年，当时中美建交不久，中国人民对美国了解很少。此文在2001年略作修改。——编者注

吃馒头和面条；美国人吃面包。区别不在米饭还是面包，区别在米饭是家庭小生产,面包是工厂大生产。在正常情况下,工厂大生产可以省人力,省燃料,降低成本,提高质量。米饭也能大生产吗？

美国的大米,整粒和半粒分开,没有稗子,没有沙子,没有泥土和灰粉,不用淘米,买来就可以下锅。如果我们也能烧饭不淘米,主妇们将高呼万岁！

不分主食和副食

美国人不懂"饭"(主食)和"菜"(副食)的分别,更不懂细粮和粗粮的分别。纯白面粉的面包不受欢迎。夹杂粗粮而有更多纤维的黄面包是上品,价钱也贵。粮食的粗细决定于上帝,还是决定于加工？是否可以把粗粮加工成为细粮？

美国的面包标明日期。隔天的面包有时不要钱,奉送。想起中国"大跃进"中的"吃饭不要钱",做法虽然荒唐,可是"各吃所需"不是远大的理想吗？

"柴"——燃料是厨房的中心问题。人类发明了火,吃烟火食,是文明的起点。厨房用什么燃料,是测量文明程

1947 年,周有光在纽约的住处。

度的标尺。

20世纪40年代,我同老婆(那时如果叫她"爱人",她会生气)住在美国,厨房里高温用煤气,低温用电。去年我同爱人(这时候如果再叫"老婆",不合时宜了)去美国,亲友家全用电灶,四个火头,两大两小。有一种新式电灶,像一张白瓷桌,据说是航天飞机上用的耐火新材料,光光的桌面上,画了四个圆圈,圆圈内是电炉,但是看不见铜丝火盘,圆圈外是不传热的桌面,一线之隔,温度大不相同。要当心,别让小孩去摸那圆圈!

美国的烤箱改得比过去更好了。烤箱节省劳动,能使食品多样化。亲戚请我们吃火鸡,一只火鸡有十几斤重,如果不用烤箱,很难烧得透、烧得好。我们还吃到江南土产 "蟹壳黄"(一种烧饼)。这是美国华人发明的工业化产品。十个一组,装在特制的硬纸罐头中,敲一下罐头就开了,拿出来一个个分开,在烤箱里一烤,就是地道的苏州风味!

柴火革命

"微波炉"是最新的厨房设备,用起来真方便。煮一杯牛奶只要一分钟。烧一大盘清炖鱼只要五分钟。手指头在玻璃板上一接触,感应通电,就烧煮起来了,到达指定时间,自动停火,发出声响,叫你去取。煤气炉、电炉等,都是从食物外部加热的。微波炉从食物内部加热。食物内部有水,水分子自己震动,发出热,把自己烧熟。食物烧熟了,非常烫,可是玻璃杯或瓷盘还是温温的,不烫手。微波炉是"柴火"革命。(到20世纪80年代,微波炉在中国也流行起来了。)

"走尽天下娘好,吃尽天下盐好。""盐"是调味品之王。美国人吃"菜",大都是吃的时候才加盐。中国人是烧的时候加盐。烧的时候加盐,容易入味,可以施展烹调手艺。我认为这是先进方法。可是美国朋友说,吃的时候加盐,可以适应各人的不同口味。

写到这里,想起陈毅副总理讲过的一个笑话:摩洛哥国王请他吃饭,客人背后站着调味博士,代客调味,咸甜酸辣,务使得宜。国王说,这一盘菜好比是社会主义,味道各自请加。

"油",包括动物脂肪和植物油。美国人很少吃动物脂肪,怕胖,怕胆固醇高。所谓"奶油"(黄油)大都是植物油做成的马其林。

"酱"指酱油。美国人平时不吃酱油,吃沙司,就是辣酱油。辣酱油属于"醋"的一类,不同于酱油。美国华人家庭,必备酱油。酱油是中国老祖宗发明的。遗憾的是,美国行销的酱油几乎都是日本货,科学酿造,质纯而味美。

"酱""醋"以外,有越来越多的调味品。"五味"成为"百味"。美国人从前害怕大蒜的臭味,现在有瓶装蒜粉出售,有人还买蒜粉作为礼品送人。喜欢蒜味的人正在增加,大概是医生宣传大蒜能治病的结果。

谈到"茶",大家知道,美国人喜欢红茶牛奶加糖,更多的人饮咖啡。近年来医生说咖啡能使血管硬化。各种不加刺激剂的合成饮料大为利市。可口可乐也在改变配方,另外生产适合少年饮用的小可乐。有一种新饮料叫"七上",销路很好,我多次试饮,不知道它的妙处何在。

美国的果汁,种类多,包装好,营养丰富。最多的是鲜橘汁和番茄汁。美国朋友说,水果增产使果汁增产,而果汁增产又促进水果增产。加工,能使园艺繁荣。

牛奶在美国真像水一样多。不少美国人有不能喝牛奶的病,用豆浆代替。台湾教授发明了速溶豆浆粉,开水一冲,就是一杯很好的豆浆,没有沉淀物,不腻口。美国医院经常采购。北京也有豆浆粉,质地不一样。(北京后来改进了。)

冰激凌和热狗

美国朋友说,美国的"吃"都是外来的。只有冰激凌和"热狗"可以说是美国的土产。冰激凌花色繁多,实在好吃,而且老少咸宜。我在美国,几乎每晚吃一大杯。有一种华人(一说犹太人)发明的豆浆冰激凌,风味奇特,属于高级品,价钱很贵。

美国孩子喜欢吃"唐纳"(油炸面圈)。我可不喜欢。太结实,太甜。中国的油条好得多,松而脆,略有咸味。跟甜浆同吃,咸甜相配,更有味。在美国,我吃到臭豆腐干,而没有吃到油条。美国人应当从中国引进油条技术。(后来听说美国已经有油条。)

关于"吃",我主张多方适应。到一地,吃一地,吃尽天下,不要到了外国只吃中国菜。可是我主张把中国"吃"的技术输往外国,这也是技术交流吧。

有一天,美国电视报道,中国要废除筷子了。美国朋友说,他好不容易学会了使用筷子。筷子是手指头的延长,能夹住食物,又取食物,夹断食物,有多种功能。西洋吃"饭"用刀叉,太原始,不及筷子好。千万不要废除筷子!

后来，我听说是翻译上的误会。"中菜西吃"(大致是分食的意思)译成"改用刀叉"，"改用刀叉"又说成是"废除筷子"。这件小事说明，中美之间的隔阂有多大。

吃的国际化和大众化

美国的"吃"有两个特点:国际化和大众化。美国城市有各种外国饭店。中国饭店比较突出。据说，纽约有1600家,旧金山海湾区有4000家,不知数字是否可靠。中国人在欧美给人的印象是良好的厨师。美国还有更多其他国家的饭店。最多的是法国饭店、意大利饭店。较少的是日本饭店、朝鲜饭店。美国的饭店业是国际化的。

食品市场更是国际化。走进市场,品种繁多,琳琅满目。有一次我去买苹果,架子上放着十几种苹果,五颜六色,不知道买哪一种好。美国不是本国生产本国吃,更不是本地生产本地吃,而是世界生产美国吃。食品市场国际化。

"吃"的大众化更有意义。国际竞争,物价因竞争而低廉,大众就能吃得好。"快餐"也是"吃"的大众化。快餐的特点不但是快,还必须质量标准化,价钱便宜。一家快餐店有许许多多分店，维持同一个标准，要有高明的管理技术。快餐如果质量不标准，价钱比一般饭店高，还能招徕生意吗？吃快餐，我不喜欢牛肉饼的汉堡包。我爱吃"鱼包"。大圆面包，夹一片厚厚的煎鱼，加上生菜，味道好，没有刺，不费牙。有的快餐店优待老年人，吃一餐，奉送一杯牛奶或橘子汁。我胃口小，够饱的了。

牛奶和热狗，是最好的搭配。比快餐更快，更便宜，更大众化。不但可以当点心，也可以当"饭"，吃饱肚子。可是真正要省钱，还是买回材料自己做。一个正式工人，自己做饭吃一个月，大约花十分之一的工资。

开门七件事中没有"糖"。美国人原来吃糖太多，近来提倡少吃糖，怕胖。

七件事中也没有"菜"（蔬菜）。美国人吃蔬菜不多，实际上是以水果代替蔬菜。我们中国人是以蔬菜代替水果。美国有很好的山东白菜。可是美国的黄瓜远不及北京的多刺脆皮黄瓜好。"文化大革命"中，我被下放到宁夏平罗的"五七干校"。北京的黄瓜种子在宁夏长得比北京好，大得多，嫩得多，可以说是世界上最好的黄瓜。以色列人在沙漠上种白菜和黄瓜，远销欧洲。厄瓜多尔人在美洲种香蕉，远销全世界。我们能否在宁夏种黄瓜，远销美国？

晚饭是美国人的主餐。晚饭的主"菜"往往是牛肉。"菜牛"业是美国的一大产业。美国东西两面是海洋,海洋渔业发达。到渔码头去吃一餐鲜鱼,是假日的快事。大龙虾、大海蟹,真大,一个足够一餐。开门七件事中还应当加进"肉"和"鱼"。

美国的粮食问题

美国也有粮食问题。他们的粮食问题是粮食跌价。去年美国农民又到华盛顿大闹一场。为的是全世界粮食丰收,粮价下落,农民要求补贴。朋友对我说,生物工程的研究步步进展,粮食和牛奶将大幅度增产。美国的粮价下跌是一个无法医治的长期病症。

"小菜篮里看形势",这是老百姓的哲学。中国老百姓为了一个"吃"字,不得不用去太多的收入,花去太多的时间,这形势必须改变。

美国朋友说,美国有"生活"七件事:食、衣、住、行、卫(生)、教(育)、娱(乐)。"食"是七事之首;中国"以粮为纲",没有错,可是不要拔掉香蕉种玉米,砍掉胡椒种水稻。

扶桑狂想曲

永乐新大陆和扶桑人

驱车驰骋在东西五千里的美国高速公路上,不由得叫人思浪狂飞。历史告诉我,三保太监的航向搞错了。他应当向东横渡太平洋,在哥伦布之前九十年首先发现美洲。这样,美洲将定名为"永乐新大陆",纪念大明永乐皇帝(永乐三年,1405年)派遣三保太监首次远航。北美将建立"大明新帝国"。中南美将建立"扶桑新帝国"。郑和做两国总监。文字当然全用"汉字",以"八股文"开科取士。印第安人称"扶桑人","大明人"跟"扶桑人"和平共处,不会发生贩卖黑奴的惨剧。亚洲和欧洲的移民一视同仁。先开发面向太平洋的西岸,后开发面向大西洋的东岸。美洲历史完全重写。

在明朝中期（明弘治五年，1492年）还无人知道的大陆，在清朝中期(清乾隆四十一年，1776年)才独立起来的殖民地，两百年间成为执世界牛耳的超级大国。何以其然哉？

　　1990年冬，我参加宾夕法尼亚大学召开的"东亚信息处理国际会议"，研讨中、日、韩三国语文的电脑处理。1983年秋，我曾参加夏威夷大学和东西方中心召开的"华语现代化国际会议"，研讨华语华文的现代化。这样的会议，不在中国或日本举行，而要美国来越俎代庖，这不值得我们深思吗？

　　回国看到报载季羡林先生谈文化的交流与发展。他说"文化有发生、发展、演变、衰退的过程"。又说，今天西洋文化主宰世界，是几百年来的历史所决定，毋庸争辩，而今后的世界文化依旧主要是东方学习西方。这一番话使我想起在美国"驱车看花"时候的浮光掠影，思考东西方文化和价值的异同。

　　美国是一个多元文化，集中少而分散多，凡事决定于多数，不决定于一致。多元文化的特点是：群体不同、层次各别、异端并存、百川汇流。

　　"二战"后，美国民权运动改变了黑人地位。可是黑人和白人像油与水一样可以混合而难于化合。原来被认为不文明的黑人歌舞,越来越受欢迎,成为美国文化不可缺少的构成部分。晚近黑人服饰也成为一种时髦。高级百货公司的时装部,在欧洲室和亚洲室之外,特设非洲室。非洲蓬松发型从美国传到了北京。原来被盲目排斥的所谓落后文化,开始得到新的理解。学习原始智慧,吸收异端哲理,成为开拓文化的新领域。

《易经》和《孙子兵法》

美国研究中国文化的兴趣更高了。《易经》得到数学家的青睐,《孙子兵法》成了现代欧美军人的必读之书,《道德经》有马王堆出土写本的英文新翻译。"中国佛教"有系统讲座。更多人研究孔孟学说,推敲它跟"东亚四小龙"经济起飞的关系。这绝非一时的心血来潮。研究以中国为代表的东亚文化和其他亚洲文化,各大学常设"亚洲研究系"。

可是如果以为美国人已经厌倦于西方物质文明而皈依于东方精神文明了,那就错了。精神和物质是一张纸的两面,不是一张书桌的两个抽屉。一位翻译家说,"精神文明"这词儿很难译成英文。美国人兼收并蓄、知彼知己,用西方的科学方法研究人类一切文化。百川汇流,而西方的科技文化是主流。

美国华人看了"亚运会"的电视,得到深刻印象,开幕式尤其动人。中国健儿几乎包揽全部金牌,使他们感到"与有荣焉"! 他们议论,为什么体育发达了,而经济发达不了? 他们认为,体育发达由于实行了平等竞争的"竞技精神"(sportsman ship)。只要扩大"竞技精神",经济也同样能够蒸蒸日上。其然乎,其不然乎?

国外注意到,在弘扬华夏文化的新潮中,"气功"是一个热门。敏感的美国人问:这是不是新义和团运动? 传说,从前袁世凯在山东,问气功大师们:发气之后,子弹不入,是真是假? 回答:当然是真。袁世凯领他们到操场,叫卫兵向首席大师开枪,弹飞人倒。其他大师一齐跪下请求饶命。今天的气功现代化了,能讲"宇宙语"。气功跟着针灸传到了好奇的美国。

五年不到美国,美国生活有了明显的变化。首先引起我注意的是,一家家电话都更新了:无线、留话、微型化。没有电话、没有汽车,美国人是无法生活的。一满16岁就自己开车。电话和汽车改造了居住的布局。近距离的集中居住变为远距离的分散居住。建筑在空旷地点的"购物中心"(mall)如雨后春笋。把"mall"称为"购物中心"是解释，不是翻译。自行车社会的词汇中，还没有对等的新词。

人弃我取的大城市

华盛顿、纽约、旧金山等大城市的市长，都是黑人。为了尊重黑人，"尼格罗"改说"黑人"，"黑人"又改说"美籍非洲人"。这是黑人地位的提高吗？是的，而又不是。农业机械化和科学化，使农民减少到美国总人口的3%。黑人离开南方农场，到大城市去谋生。这时候，中等以上人家迁出大城市，移居空气清新、风景优美的中小城镇。大城市的税收减少，建设困难，变得拥挤、污染、不安全。"人弃我取"的黑人，越来越多地聚居到大城市。大城市衰落，中小城镇兴起，这是美国的新变化。

早期的美国人，谈到中国就想到男人的辫子和女人的小脚。林语堂先生为小脚辩护，认为中国的小脚和西洋的高跟鞋，异曲同工，都是增加女性窈窕之美的装饰。现在美国有些男士们喜欢留起长辫子，从背后来看难分男女，这种时髦可以使清朝男人的辫子提高身价。今天的美国人，谈到中国就想到长城和兵马俑。有人问：长城是建设的象征，还是封闭的象征？兵马俑是安定的象征，还是暴政的象征？美国人到中国旅游，不是来看中国的现代化，而是来看中国的古代化。到中国来一趟，回去就能写出一篇学术论文，可见华夏文化之丰富。美国人在弘扬华夏文化。

"文化大革命"中破坏文物之多之广，使美国学者们十分震惊。他们说，如果把这些中国不稀罕的文物向国际市场拍卖，可以得到惊人的巨额资金，足够今天中国建设之用。幽默的作用就是使人啼笑皆非。

"西化"和"东化"

美国亲友们说，中国的时装表演接近巴黎了。这表示生活水平有所提高，也表示服装观念的解放。回忆一下中华人民共和国成立初期全国老少一律都穿蓝布人民装，再看一下不许妇女抛头露面的中东伊斯兰教国家，今天中国妇女的确是"解放"了。妇女服装已经"全盘西化"。从衣着来看，"远东"比"近东"更接近西方了。

新的理解是，"西化"不一定妨碍"东化"，"现代化"不一定妨碍"古代化"。中国弘扬华夏文化,而同时坚持从西方传来的马克思主义。美国的大众歌曲流行,而古典音乐演奏会场场客满。进教堂信上帝,进实验室信进化论。现代人的生活特点是:双语言、双信仰、双文化。今天的文化交流,那么复杂,又那么频繁。文化的"清一色"做不成了。

从旧金山到东京的大型飞机上,旅客满座。从东京到北京的中型飞机上,旅客寥寥,很多人躺下睡觉。东京成田机场的繁忙,使我具体地感觉到:日本的确是"西方国家"了。夏威夷有那么多日本人,奇袭珍珠港已经成功。日本进屋脱鞋的习惯也传到了美国。日本财主大批购买美国财产,美国人说日本人快要买走了美国。被称为中日之间"一衣带水"的日本海,扩大成了太平洋。美日之间的太平洋,缩小成了"一衣带水"。东瀛三岛向太平洋更加倾斜而倾倒了。

地壳的板块不断漂浮,正在重新拼成一个跟过去大不相同的新地壳。在这个新地壳上,三保太监应当吸取历史教训,避免再一次搞错航向。

两访新加坡

1987年和1988年，我两次应邀到新加坡做学术访问。在我到过的世界各地之中，新加坡给我的印象最为深刻。它引起我思考：思考中国的未来和亚洲的未来。

赤道上空的最亮星

亚洲南端的地形像是一个巨大的海蚌，马来半岛和苏门答腊是海蚌的两扇蚌壳，中间夹着一颗光彩闪耀的明珠：新加坡。华人称它为"星岛"。"星岛"是赤道上空的"最亮星"。1409年和1414年，中国郑和的远航船队曾两次访问此地。

这个花园城市之国，只有618平方公里的土地，等于北京市的十分之一；人口250万，等于北京市的四分之一。新

1987 年，周有光在新加坡新闻中心联合早报社。

加坡的朋友对我说:我们几乎没有土地,几乎没有资源,只有250万人的决心和努力。1965年独立,二十年来国泰民安,人民生活已经提高到发达国家的水平。

新加坡是旅游的有名地方。到新加坡去旅游的人数,多的年份超过新加坡的人口总数。据说到新加坡去旅游的目的之一是,想亲自看看这个新兴共和国快速起飞的"奇迹"。当然,新加坡的天然风景和游乐设施也有旅游引力。

新加坡有一个一望无际的植物园,种植热带植物3000种,储藏标本50万件。植物园的中间有一个"胡姬花园"。"胡姬"是orchid的音译,它是品种繁多的热带兰花,终年盛开,五彩缤纷。胡姬花是新加坡的国花,花朵用电镀方法镀上黄金,变成金花,这是最好的装饰品和旅游纪念品。出乎我的意料,在五彩缤纷的胡姬花中,看见许许多多五彩缤纷的新娘,正在各自忙碌地拍照。名花和美眷,彼此增光,胡姬花园成了新娘的天堂。

新加坡的飞鸟公园,哺育着3000种飞鸟,据说是世界第一。从山崖的顶部张开一个巨大的钢丝网,把大树、鸟儿和坐在小电车上环顾的游客都罩在其中。鸟儿和游客近在咫尺,陶然共乐,大家觉得自由自在,不知道都在钢丝网的笼罩之中。树上的录音机唱出鸟儿的情歌,鸟儿受骗,飞来应和,也唱起情歌来。真的情歌和假的情歌,鸟儿和游客都不知分辨,愉快倾听。另有一个蝴蝶花园也同样用钢丝网罩了起来,有翩跹飞舞的各种蝴蝶儿,在花丛和游客之间穿梭往来,几乎可以伸手接触。古人用顽石补天,今人用钢丝网补天。天然要经过人力加工,才成为更美好的天然。

新加坡还有"高与云齐"的过海缆车,可以通到圣陶沙岛游乐场,晚间有场面广大的音乐喷泉。博物馆、动物园、水族馆、鳄鱼场、蜡像馆、海水浴场,以及其他说不全的许多游乐去处,使游客目不暇接。佳节夜晚,整个城市披上灯光的彩衣,黑夜比白日还要光亮,疑是月宫举行宴会,盛况不亚于纽约或巴黎,而秩序胜过它们。中国城、阿拉伯街、小印度市,各有民族风光。吃喝玩乐,应有尽有。可是这一切都不是使新加坡成为"奇迹"的条件。

荒岛变宝岛

其实,新加坡也有天然资源,那就是它的地理位置:印度洋和南中国海之间的枢纽。1869年苏伊士运河开通以后,它成为欧亚之间过往船舶的燃料补给站和国际贸易的转口港。19世纪后半,勤劳的华工络绎前来,开锡矿,种橡胶，成为当时人烟稀少的星岛移民。荒岛变为宝岛，是几代华工的血汗凝成的。

今天，新加坡站立起来了：有巨大的集装箱码头和造船修船厂，有先进的海上钻井设备工厂和炼油中心，有一百多家银行的东方金融中心和电信中心，有每分钟起落一架飞机的国际机场，成为以智力密集工业为主的先进工业城市，每年出口价值相当于半个中国内地。

城市国家最怕人口爆炸。新加坡曾经希望一对夫妇只生一对儿女。二十年来，由于教育发展，文化和生活提高，人民自动节制生育，几乎不到两个儿女了。生育的多少，跟文化水平成反比，全世界没有例外。新加坡现在有放松节育的意向。

一位英国老教授对我说，大英帝国瓦解，兴起几十个独立国家，只有新加坡创造了高速发展的"奇迹"。新加坡是一个福利国家，例如它实行"住者有其房"的政策，使80%以上的住户有自己的公寓套房(组屋)或者独院住宅，但是它的人民没有成为"铁饭碗"的懒汉。新加坡政府有时很专断，例如在马路上吐痰一口要罚钱5000元，但是这里没有个人迷信。新加坡的起飞究竟有何秘密呢？这位教授说，他相信某些新加坡人的说法："没有秘密，只靠常识。"如果要找出基本的起飞原因,那就是两件不是宝贝的宝贝:教育和民主。

教育和民主

跟其他新独立国家一样,新加坡独立以后的首要工作之一是兴办教育,使原来得不到良好教育的广大人民走出愚昧的时代,成为有知识、有技能的现代国家公民。兴办教育首先遇到的问题是:用什么语言?新加坡规定四种官方语言:英语、马来语、淡米尔语、华语;实行以英语为主要语言、以民族语言为第二语言的"双语言政策"。目的是:促进经济发展、维持政治稳定、消灭种族摩擦。

英语是行政、法律、贸易、中等和高等教育的语言,通过这个事实上是"国际共同语"的英语,新加坡跟许多发达国家建立了密切的文化和经济联系。马来人占全国人口的15%,马来语是东南亚的区域性通用语言,由于历史的原因,规定马来语为新加坡的国语,唱国歌用马来语:Majulah Singa pura(前进吧,新加坡)。淡米尔语是占总人口5%的印度人的主要语言。华语是占总人口77%的华人的语言。

但是,"广义的华语"是几种相互听不懂的方言。华人学校将用几种不同的方言上课呢,还是用一种统一的"狭义的华语"上课呢?新加坡决定用统一的"华语"。这个决定很不简单,需要用极大的努力使其实现。华语在中国台湾称为"国语",在中国大陆称为"普通话",名称不同,实质相同。

多说华语、少说方言

据说,李光耀在竞选总理之前,用三年时间,努力学习华语,他竞选演讲用华语,受到华人选民热烈欢迎。1965年独立以后,推广华语是新加坡政府的一项重要工作。不到十年,大见成效,做到:在学校里多说华语,不说方言;在社会上多说华语,少说方言。1979年之后,李光耀亲自主持的"华语运动月"有逐年不同的主题:1980年是"华语家庭讲华语",1981年是"在公共场所讲华语",1982年是"在工作场所讲华语",1983年是"在巴刹(市场)和小贩中心讲华语"。华人见面不能谈话的时代在新加坡从此结束了。

1987年我应"新加坡华文研究会"之邀,跟新加坡教育界探讨共同感兴趣的语文问题。我的讲稿都在《华文研究》杂志上发表。新加坡和东南亚国家,采用简体字,用汉语拼音字母作为学习汉字的注音符号。在新加坡郊区遇到在路边卖菜的妇女,我问她:能说华语吗? 她高兴地用华语回答:能! 我问:你在家里讲什么话? 她说:厦门话。简单的问答,说明了新加坡华语运动的成功。

1988年,我应邀参加在新加坡国立大学举行的"语言计划国际学术研讨会",有来自11个国家的特邀发言人19位,以及其他国家的参加者近百人。在东南亚和大洋洲,大战以后的语文发展有两个特点,一个特点是拉丁(罗马)化,例如印度尼西亚和马来西亚两国,规定采用相同的共同语和统一的拉丁化正词法;菲律宾采用拉丁化的"他加禄语"作为国语,称为菲律宾语。另一个特点是英语化,例如新加坡、菲律宾和其他一些国家都用英语作为行政语言。他们认为,语言发展是教育发展的前提,教育发展是经济发展的前提。在语文、教育和经济方面,新加坡树立了东南亚的成功典型。

没有围墙的大学

新加坡国立大学有世界第一流的校园、设备和师资。它是一个开放国家的开放大学,名副其实的"没有围墙"

的大学。我住在市区中心的阿马拉宾馆,每天进出于新加坡国立大学,真的没有找到大学的围墙。各国学者来到新加坡大学讲学,东南亚和其他地区的青年以能来此求学为光荣。知识没有国界。

新加坡原来是一个英国殖民地。它明智地保留了英国人的优良传统,革除了殖民地的不良制度,树立了真正独立的共和国风格。人们说,新加坡、中国香港、中国台湾和韩国是东亚"四小龙",新加坡人不乐意听这样的"恭维"。他们说,新加坡不是殖民地,不是一个省,不是半个国家,而是一个完整的独立国。这是傲慢吗?不是,这是认真对待自己!

为全世界华人争光

由于中国内地过去长期封闭,我对新加坡的独立经过看不到详细的报道。近年来到美国讲学和探亲,看到旧杂志里讲,新加坡是被马来西亚赶出来的,因为"穷而且愚"的华人太多,不受欢迎,当时李光耀都哭了。我大吃一惊!后来在《大英百科全书》里看到,新加坡是被"请"退出马来西亚的,新加坡接受了这个"请"。修辞绝妙!不论是

"赶"是"请",当时新加坡的困难,可以想见。二十年后的今天,新加坡成了东南亚文化和经济的中心,"东盟"六国对它"马首是瞻"。"事在人为!"我的美国亲戚说,新加坡华人为全世界的华人恢复了名誉。

可是,新加坡有它脆弱的一面。"高精尖"的产品,主要出路是销售到美国。美国市价大起大落,使新加坡像是一叶小舟在波涛中航行。人们说,美国打一个喷嚏,新加坡就感冒了。弹丸小国,要想高速度发展经济,不能不依赖购买力强大的发达国家,而这种依赖也跟经济大国的经济波涛牵扯在一起。

不但出口要依赖外国,连水源也要依赖外国。新加坡的生活用水和工业用水,80%取之于邻国。水是生活和工业的生命,不能一刻缺少。只要邻国把水龙头一关,新加坡就要干渴而死!这不是生死掌握在别人手掌之中吗?是的,但是事实也并不像想象的那样可怕。因为,只要邻国不失去理智,不至于做出损人而不利己的荒唐事儿。

如临深渊,如履薄冰

大家知道,中国内地的战后革命,引起东南亚历史上最大的一次反共反华风潮。万千华裔遭受难于形容的灾难。至今，新加坡余悸未消，在邻国没有全部跟中国恢复邦交以前，不敢先行建交。如临深渊，如履薄冰，这是新加坡的心境。也是由于有这样的心境，所以不会产生"夜郎自大"的狂妄，而只能是兢兢业业、谨慎前进。

近年来流传一种说法，认为日本和"四小龙"之所以经济起飞，是由于"儒学"的恩泽。新加坡的确重视"儒学"的研究，"儒学"的确有它不朽的意义。可是，历史告诉我们，"忠恕之道"有助于创造和平而无助于防止战争。我看不出"儒学"对新加坡起飞的"直接效果"。我看，与其说日本和"四小龙"受了"儒学"的恩泽，不如说他们受了"竞争"的恩泽。"竞争"才是经济发展的动力和压力，它使懒惰者变得勤奋，守旧者向往革新，封闭者终于开放。竞争的前提条件是教育和民主。竞争而能创造革新，依靠教育；竞争而能公平合理，依靠民主。

旅游者都说，新加坡的公用建设是值得钦佩的。他们建国，不是"钢铁先行"，而是"交通先行"。公路交通可以跟最先进的国家媲美，小汽车相当普及，公共汽车非常方便。新加坡交通畅通，没有拥挤问题，目前并不需要地下铁道，可是已经开始建设地下铁道，为的是"未雨绸缪"。新加坡曾经考虑不办航空公司,因为国土太小,一飞就飞出国境了。后来从"远处"着眼,决定办理,"新航"成了国际第一流的航空公司。这是新加坡建设有远大眼光和长期规划的一二事例。

　　"二战"以前,上海胜过香港,香港胜过新加坡。现在反过来了:新加坡胜过香港,香港胜过上海。

1989年2月

吃的文化和文化的吃

精神会餐

在三年困难时期,食物极度缺乏,我参加的学习小组,由于营养不足,人人身体软弱,学习一会儿就彼此轮流打哈欠,精神疲乏,暂时休息。这时候,有人回想起曾经品尝过的佳肴,不由自主地谈起美食来。一个人开了头,其余的人都跟上来,越谈越起劲,好像面前桌上的学习材料变成了一碟碟可口的美味饭菜,大家口舌留香,精神振作,不再感觉疲乏了。这叫作精神会餐。

精神会餐不一定发生在饮食缺乏的时候,就是酒醉饭饱之余,人们也常常想起过去的美食滋味,娓娓谈来,增添乐趣。

我不是一个美食家,更不是一个饕餮家。我是一个穷书生,很少有品味美食的机会,而且身体瘦弱,消化不强。不敢多吃山珍海味。不过活到将近90岁,当然也有偶尔的品味美食机会。这里拉杂谈谈我的点滴饮食记忆,聊作自我精神会餐吧。

菜名文艺

饮食文化内涵丰富。饮食为营养和健康,这是饮食科学。饮食追求色香味,这是饮食艺术。饮食关联风土习俗和礼仪品德, 这是饮食哲学。饮食文化还重视语言美,例如菜肴名称的文艺化,也表现了中国文化的特色。

青年时代,我初次看到素菜荤名和荤菜素名的菜单,钦佩厨师们想象力的丰富。一次,在20世纪20年代,我被邀到苏州一个尼姑庵去吃全素席, 可是菜单上的菜名全是荤菜名称。大家知道的素鸡、素鸭、素鱼、素火腿之外,还有素虾仁、素蟹粉、素蹄筋、素狮子头等美肴。不但素菜有荤名,而且素菜有荤味。我的朋友问庵主人:为什么素菜全用荤菜名称? 庵主人答得很妙:这是为了满足吃荤的客官们的欲望。

另一次,在20世纪30年代,朋友邀我到长沙一家牛肉饭庄吃饭。十几样菜都是牛身上各部分所做成,各有各的不同滋味,这是难能可贵的烹调艺术。有趣的是,菜名都是素菜名称,例如牛脑称豆腐、牛胃称百页等。朋友问店主人:为什么把荤菜都改称素菜名称呢?回答也非常妙:为了将来到阴府免除杀生的罪过。菜单文化从阳间延伸到阴府,真是佛法无边。在开放旅游的今天,饮食业大为发达,素菜荤名和荤菜素名各地都有,已经不算新奇了。

荤素三解

最近来了一位美国女亲戚。她问我:望九之年而健康一如60岁人,平常吃些什么营养品呢?我说:基本吃素,青菜、豆腐、牛奶、鸡蛋,如此而已矣。她说:这四样食品中间倒有三样是荤的,怎么能说是基本吃素呢?我一时听不懂她的意思。她解释说:豆腐、牛奶、鸡蛋,都是蛋白质丰富的食品,不是属于荤菜吗?我明白了:她说的是科学的荤素分类,凡是蛋白质丰富的食品属于荤菜,凡是碳水化合物丰富的食品属于素菜。

我国传统的荤素分类是:动物性食品(鸡鸭鱼肉之类)

属于荤菜;植物性食品(蔬菜、豆类和豆制品等)属于素菜。鸡蛋是鸡生的,但是鸡蛋尚未成鸡,不会叫,没有血,归入素食,佛教徒也可以吃,不过吃的时候要心中默念"阿弥陀佛,免你一刀苦"(免除鸡蛋长大成鸡以后被宰之苦)。诗曰:

> 混沌乾坤一口包,
> 也无皮血也无毛;
> 老僧带你西天去,
> 免在人间受一刀。

　　荤的禁忌有宗教意义。辞书上说:佛教以大蒜、小蒜、兴渠(根像萝卜、气味像蒜,又名阿魏,大致就是葱头)、慈葱(葱)、茖(薤)为五荤。道家以韭、薤、蒜、芸薹(芸香)、胡荽(芫荽)为五荤。荤字的部首从草,可见最早是指有刺激味道的植物。

　　这样说来:荤素的分别有三种不同的意义:宗教意义、传统意义和科学意义。从前西洋人以食用葱蒜为不文明,现在知道了葱蒜有医药功能,提倡吃葱蒜,比东方人吃得还多。饮食从决定于感觉,发展为决定于科学了。

吃的民俗学

　　中国人到了外国,往往坚持要吃中国饭菜,认为外国饭菜不合口味,面包是吃不饱肚子的,只有米饭、馒头才能吃得饱。我的饮食原则不同,我是入国问俗、随遇而安,到一处,吃一处,不仅品尝当地的风味,而且体会当地的生活。这可以说是民俗学的饮食原则吧。

　　到一地就吃当地最土的饮食,当然会遇到怪味和奇食。可是只要有心理准备,怪味和奇食是最值得回忆的经验。例如我到夏威夷,就想吃当地的土著饮食。我的当地朋友反对,认为土著饮食没有一尝的价值。我说,没有一尝价值的饮食,才是最值得一尝的饮食。我们终于找到了一家夏威夷饮食店。主食是一种木薯做成的稀粥,黑咻咻黏糊糊,喝进嘴里好像是吃了存放多天的糨糊。菜肴中有一种生肉片,大致是暴腌的,带点儿脚臭味道,嚼着好像是腐烂的肉皮。从味觉来说,这不是美食,可是从民俗学来说,这是一次难忘的经验。后来知道这家土著饮食店不是真正土著开的店,而是久住夏威夷的华侨开的店。真正土著开的饮食店可能已经没有了,土著文化已经接近消亡了,这使我更加念念不忘这次的品尝。

耗子味美

有一位朋友问我:你吃过的最美的食品是什么?我想了一想,回答:是抗战期间在成都吃到的红烧耗子肉。朋友大吃一惊!什么,耗子肉?耗子那么脏,会传染疾病,能吃吗?我说:你对耗子有偏见。猪比耗子更脏,同样会传染疾病,我们不是天天吃猪肉吗?耗子肉细嫩而味美,耗子繁殖迅速,耗子有害于庄稼,吃耗子有利于保护农业,是兴利除害的美食,是美食尚未开发的新领域。我一本正经地谈吃耗子的好处,可是我的朋友直摇头。

我在牡丹江看到青年们结队挖掘耗子洞。耗子也知道秋收冬藏,在秋末冬初积聚粮食,准备过冬。耗子洞里贮藏着麦子、花生、松子等好几种营养丰富而滋味馨香的食物,耗子也是美食家。每一种食物有一个专用仓房,绝不相互混杂。一个仓房里储存的食物挖出来称一称有15斤之多。井井有条,干干净净,耗子洞比许多人家还整洁,使我十分惊讶。外国的美食家吃蜗牛、吃蚂蚁、吃蚯蚓、吃龙虱、吃蝎子,这些怪味奇食哪能比得上耗子肉的既有美味,又有兴利除害的意义呢?

猪八戒吃人参果

当然,除耗子肉之外,我也另有其他的美食记忆。例如1985年我到东京,承三和银行前总裁村野辰雄先生招待,到吉兆饭店吃精美的传统日本料理。每一位客人旁边坐着一位侍候调味的美女。佳肴纷呈,异味更迭,舌不暇接,美不胜收。这里是日本贵族请客的地方,天皇也有时来此。若不是银行总裁,想要订座都是十分困难的。事后我问一同就餐的日本教授:大约每人需要花多少钱?他说:普通人不到此地,哪能知道价钱呢?

回国后我的老伴问我:在日本吃些什么美味佳肴? 我一样也说不清楚。老伴说:真是猪八戒吃人参果! 回想六十年前我在日本,时常到小饭店吃大众化的饭菜,其中有一样是我常吃的,叫作亲子井(鸡肉鸡蛋母子饭)。现在,大饭店都不做这样的大众化食品了,我只好一个人到小饭店去重尝旧味,觉得大众化的食品才有菜根香的天然滋味。

绅士食风

　　谈到这里，想起20世纪30年代在重庆吃过的姑姑筵。这家名传遐迩的饭店，当时把重心从成都转移到陪都重庆。店主人是一位前清举人，他的善于烹调的姨太太亲自掌厨。据说姑姑是当地小孩儿语言，意思就是玩意儿。姑姑筵是家庭食堂，一派清代绅士门第的陈设，同一天只招待一位顾主的订座。家庭便宴：看菜名全是家常饭菜，尝滋味真是与众不同。把红烧肉、清蒸鱼之类的家常饭菜做得与众不同，不是简单的事儿。这要对选材、刀功、火候、调味等一系列工序都做出超人一等的工艺。姑姑筵在平凡中显高雅，使不加脂粉的天然美胜过了浓妆艳抹的打扮，是真正的艺术。

　　又想起大约在1960年，我参加全国政协的西北参观团，到一个偏僻的县城，受到出乎意料的隆重招待。晚间宴会，一桌菜肴有50碟之多！每次上四个高脚碟子，还没有来得及每碟品尝，就换上另外四个高脚碟子。吃了这一顿饭，心中久久不能自安。一张大红纸印的菜单，我保藏到"文化大革命"中，才作为罪证之一上交给造反派。当地人告诉我们:他们吃完饭,不问吃饱没有,要问吃好没有,因为牛只知吃饱,人还要吃好。这倒是值得思考的饮食礼貌。大地主的宴会传统,在偏僻地区遗留下来,成为封建饮食文化的活化石。

报载英国女王举行国宴,只有两道主菜。这是科学的吃,文明的吃,值得我们学习。"二战"后,我到英国,食物十分紧张,买鸡蛋要排长队,数量是严格配给的,饭店里的炒鸡蛋是面粉掺黄酱的仿造赝品。当时,日不落的大英帝国正在瓦解,当然无暇顾及饮食文化。但是为了争取外汇,航行于伦敦和纽约之间的大西洋豪华邮轮上,有堂皇的餐厅,有精美的肴馔。我乘坐水上有七层、水下有四层的伊丽莎白皇后号,像是一座微型城市,从百货商店到银行,从健身房到游泳池,无所不有。奇怪的是,琳琅满目的菜单上写明供应的是法国菜。我问侍者:英国邮轮为什么不供应英国菜呢?他说:因为法国菜比英国菜精美。择善而从,不论人我,这是大英帝国之所以能够维持三百年的道理吧。

中华烹饪在全世界独树一帜。可是,法国菜是中华烹饪的劲敌。不论从技术来看,还是从艺术来看,我们应当虚心承认,法国菜比中国菜高出一筹。至于经营规模和管理方法,我们更是远远不如。他们是跨国公司,我们是小本经营。据说纽约一带有几千家中国饭店,可是有2万家法国饭店。在西方发达国家中,正规的宴会大都用法国菜,而中国菜主要是周末换口味的享受。人们说:中国有吃的文化,而法国有文化的吃。中华烹饪可能是艺术有余而科学不足,此外还需要更多一点饮食哲学。饮食文化也是学无止境的。如果取人之长,补我之短,戒除故步自封,努力精益求精,中华烹饪必然能够百尺竿头,更进一步。

1993年10月20日写完　2001年4月8日略作修改

辑 二

章乃器：胆识过人的银行家

接到包头市章翼军来信："叔叔、婶婶：久未问候，身体可健，念念！近悉有关单位拟出版先父章乃器专辑。我知道叔叔与先父交往多年，深知先父的为人。我们迫切祈望叔叔能赐教，写一篇纪念文章，为专辑增光。"

这是一封出乎意料的来信，引起了我六十年前的回想，往事如梦的回想。我于是写了此文。

在我的朋友中间，章乃器先生是一位最为奇特的人才。他的才能出类拔萃，所以当时有许多青年人钦佩他。他的言行与众不同，所以当时有许多老一辈害怕他。他是20世纪30年代上海经济界引起议论最多的奇特人才，所以他给人的印象特别深刻。

我在认识他之前就看过他的文章。他的文章气势之盛，立意之新，在抗战前夜，许多青年人读了，拍案称奇，深受感染。我以为他可能是一位趾高气扬、难于接近的人。一见之下才知道他对人是低声说话，平易近人。

我跟他认识是在抗日战争前上海的征信所，征信所是上海银行界创办的一个商业信息服务机构。上海银行界推举七八家有代表性的银行，各出一个组成理事会，管理所务。我代表江苏银行，乃器代表浙江实业银行，理事会以乃器为主任。每周几次，理事们中午到所共餐，借共餐时间商议工作。这样，我就经常跟乃器见面。跟他共事中，看到他工作能力之强，解决问题之快，使人惊异。

一天，他邀我到他家去吃便饭，从业务谈到当时的国家大事，他跟我不仅业务见解相同，政治见解也相同，于是他和我成为说得来的朋友。他的夫人胡子婴女士，是一位能说善道而见识非凡的女性，胡子婴也成为我和内人张允和的说得来的朋友。

日本的侵略得寸进尺，越逼越紧。1935年，乃器成为主张积极抗日的救国会的中坚人物。他建议我参加救国会，加入他主持的小组。加入这个小组的还有蔡承新、彭石年、赵君迈等人。每隔一天的晚上，在中国银行上海分行聚会，互通消息，商议做什么救亡工作。这样，我从乃器的业务同行，成为乃器的政治同道。

20世纪30年代后期的政治形势,紧锣密鼓,瞬息万变。1936年11月,突然间"七君子"被捕了!乃器是七君子之一。救国会的工作变为主要是营救"七君子"。七君子被关押在苏州监狱。当时我的家在苏州,我一人在上海,每逢周末回苏州。一天,胡子婴在深夜忽然到苏州敲我家的门。张允和见到胡子婴半夜投宿,大吃一惊!两人商议第二天如何探监之后,张允和安置胡子婴在一间卧室住下。胡子婴一夜未眠,第二天她的卧室烟灰缸里堆满了烟头,满屋子尽是烟雾。

　　从此,胡子婴成为经常到苏州我家的客人。邹韬奋的夫人沈粹缜女士和其他几位的夫人也常来。她们带了孩子们到苏州,这不仅是为了使孩子们能看到爸爸,而且是因为孩子们探监方便,衣服里夹带文件也不检查。张允和成天忙于招待和安排探监事务。乃器的家属和其他几位的家属都成了我家的亲热朋友。

　　"七君子"被捕之后,许多救国会的会员也相继秘密被捕。救国会变成非法团体,只能暗中秘密联络。1936年12月12日,忽然传来西安事变消息,蒋介石被软禁了。形势紧张达到极点。当时我们最担心的是,国内战争爆发,"七君子"可能被杀害。四处营救,走投无路!想不到风云急转,比预料的还快。12月25日在蒋介石同意抗日之后，张学良陪同蒋介石飞回南京。可是，"七君子"等到1937年日本全面侵华的"七七"事变之后才得到释放。

"七七"事变之后，我和许多救国会的朋友们转移到重庆。乃器和我又在重庆见面了。上海许多工厂紧急迁移到重庆，称为迁川工厂。为了给迁川工厂服务，乃器成立了一个工业经济研究所，他自己担任所长，邀我担任副所长。后来我转任农本局的工作，跟乃器分手。抗战八年，人事多变，工作纷更。乃器一度离开重庆，到安徽跟李宗仁合作。我在农本局之后，又到新华银行。1945年日本投降之后，我被新华银行派往国外。

上海快要解放的时候，我从英国伦敦回到香港，等待机会重回上海。在香港又跟乃器相见。乃器建议我参加当时在香港由他主持的民主建国会。乃器说，这个组织的基础是救国会时期上海经济界的星五聚餐会，以及后来在重庆扩大了的工商界的星五聚餐会，我原来是这个聚餐会的参加者。他又解释说，历史经验说明，经济界需要有一个自己的政治组织。

1945年5月27日，上海解放。香港《大公报》租用一只轮船，名叫盛京轮，专门运送留港人员回上海。我附骥乘船，在6月3日回到上海。这只轮船一到上海,上海港就被水雷封锁。下了轮船,看到许多在香港的熟人。我找乃器,没有找到。

1949年10月1日,中华人民共和国成立。乃器担任粮食部的部长。他曾问我是否愿意去粮食部工作。我说我不想担任行政工作,还是回到教书兼银行的老本行。1955年,我从上海被调到北京,担任文改会的工作。从此,我跟乃器的工作属于不同的部门。

1957年掀起了"反右"运动。经济界公认的"左派"名人章乃器,竟被定为大"右派"。他如何在二十多年间受了打击和折磨,我一点儿也不知道。一位朋友说,头角峥嵘必然头破血流,这是"反右"的规律。

1976年打倒"四人帮"之后,胡耀邦在邓小平领导下主持中央工作,盛传"右派"即将平反。小道消息说章乃器先生将是平反的第一批。大致是1976年秋天,一位朋友偷偷地告诉我,乃器住在北京东郊红庙某楼,可是不知道门号。当时红庙是人迹稀少的地方。我按地址去看乃器。问楼下的人,无人知道有个章乃器。高楼没有电梯,我一层一层爬上去,一层一层敲门探问,敲到第八层终于找到了乃器。

他住在高楼的最高一层，一间大房，半间小房。我敲门后，在门外等候了好久，似乎门内无人。终于，门开了。他和我相见而相互不相识，经过了木然相对的几秒钟，然后如梦方醒，彼此认出来了。

他的大房间里放着一张大床，床很大，几乎占据整个房间。旁边余下一条空处，放一张破旧的长沙发。他把上面堆放着的衣服和被窝拿开，我们并坐谈天。房间里有一位青年，乃器说是他的小儿子，看到客人来，就轻轻地走了出去。我不问乃器近年来的生活，也不谈什么"右派"平反的消息。只谈愉快的不伤脾胃的话，说了一阵，我辞别而去。显然，这时候乃器还不知道平反的消息。

后来，在报纸上看到乃器真的平反了。更后来，又在报纸上看到乃器去世了。他比我年纪大几岁，去世是自然规律。可是一位本来可以在中华人民共和国成立之后大有作为的人才，就这样默默地离开了需要他的中国土地！只有历史不会忘记他在国家危亡之际曾发挥过的时代作用。

1996年　时年90岁零2个月

吕叔湘:语法学大师

　　吕叔湘先生近年来体力和精神慢慢地逐步衰退,最近在医院去世。这像是宇宙中的星星,在光和热经过长期散射之后,终于逐渐衰减而消逝了。我听到叔湘先生的噩耗之后,想起青年时候学到的一句格言:"人生的价值不在寿和富,而在光和热。"

　　叔湘先生的哥哥,著名画家吕凤子先生,是我父亲的朋友,又是我两位姐姐的老师,所以我认识叔湘先生之前,在幼年就先认识凤子先生。叔湘先生比我大2岁,我跟他是常州中学(当时称江苏第五中学)的同学,他比我高一级。中学时候,我发现叔湘先生能背《诗经》,大为惊奇。这个印象一直深印在我的记忆中。中学时候我就非常钦佩他的学问和为人。

　　1955年我从上海调来北京文改会,有机会跟叔湘先生因文改工作而时时接触。在语文观点上,我跟他完全一致,在语文学术上,他是我的益友和良师。我常常在做一件工作之前,把我的想法向他陈述,他几乎每次都表示同意,并把他的意见补充我的设想之不足。我们二人可说是鱼水无间,做到"君子之交淡如水"。

叔湘先生和朱德熙先生合写的《语法修辞讲话》在20世纪50年代的《人民日报》上连载,我每期都仔细阅读,作为我的精神食粮。当时,有好多位有名人物都说,中文没有语法,跟英文不同。这种看法,在旧一代文学家中,是很普遍的。《语法修辞讲话》的发表,使文化界的语文认识焕然一新。这不仅是语文知识的补充,也是一次文化的启蒙运动。

我一直注意学习叔湘先生写文章的文风。他的文章,清晰、简练而口语化,完全摆脱了文言的束缚,最值得我学习。在他的影响之下,我反对半文半白的新闻体,提倡口语文章化,文章口语化,主张书面语应当跟口头语合而为一,出口成章并不神秘。我认为,中小学的语文课应当就是普通话课。学好普通话就能写好白话文;好文章必须读出来能叫人听得懂,读出来听不懂的不是好文章。这些观点,我曾向叔湘先生在闲谈中陈述,都得到他微笑点头而同意。

　　叔湘先生有一次发表一篇短文,大意说,好多位社会著名人士,写文章谈到语文问题,其中有常识性的错误。例如,不知道"语"和"文"的分别。不知道"词"和"字"的分别,更不知道拼音应当分词连写。语言学和文字学的基础知识没有成为群众的常识,需要在文化人中间进行科普宣传。这是切中时弊的见解。今天我们每天看电视,就看到汉字使用的不规范,拼音分词连写的混乱。这不能说不是今天我国文化生活的缺点。我们纪念叔湘先生,应当像叔湘先生一样,提倡改正社会用字的不规范,改正拼音分词连写的混乱,使大众的语文知识水平提高一步。

　　古人评论人物常用"道德、文章"两事作为尺度。叔湘先生的文章和学识被语文学界奉为泰斗。他的道德和人格更是语文学界和一切知识分子的楷模。叔湘先生的高尚典范将永远留下美好的记忆于人间。

《中国日报》创始人刘尊棋

纽约初见

一天晚上,在纽约,杨刚女士同一位朋友来到我家。她介绍说:"这是刘尊棋先生,大名鼎鼎的新闻记者。"刘尊棋先生来到我家,他是"宾至如归",我是"一见如故"。

这时候,"二战"结束不久,纳粹主义的威胁解除了,美苏矛盾急剧上升,中国的国内革命尖锐起来了。纽约生活表面上纸醉金迷,好像忘记了外面世界,但是知识分子都暗暗地忧心忡忡,中国知识分子如此,美国知识分子也如此。

刘尊棋先生第一次来到我家,在略事寒暄之后,杨刚女士和我就向他请教许多国际局势问题。他对当时的世

1948 年，周有光在剑桥大学。

界变化了如指掌,细细分析,娓娓道来,我们静静倾听,把思虑伸展到世界和中国的明天。在半个世纪之后的今天,那一晚的纽约还深印在我的记忆之中,成为一个"难忘之夜"。

香港重逢

后来,我去欧洲,跟他失去了联系。在中华人民共和国成立前夜,我从欧洲回到香港,出乎意料地又遇到了刘尊棋先生。原来他是来到香港等待中华人民共和国成立回国的。他在香港办一个小型的英文刊物,名叫《远东公报》。这个小型刊物真是很小,起初是打字油印的。新闻报道几乎全是刘尊棋先生一个人所写,把远东和欧美所发生的时事,用简单而明了的文笔,一针见血地说明原委,使读者不仅知道了事实,还明白了其中的是非。

正像在纽约他常来看我一样,这时候我常去看他,因为晚间我有空,而他要在晚间工作到深夜,不能离开他的小得可怜的办公桌,难于出门看朋友。这时候,我见到他,也是开口就问世界和中国的局势,几乎没有谈过生活和家常。这是我同他交往的一个特点。

但是也有例外。有一次，在默默对坐了几分钟之后，他忽然用低沉的声音告诉我：他曾经被关在监牢里，他的一条右腿跟一位有名人物的左腿用链条锁在一起。讲了这句话之后，我们又默然相对几分钟，不知说什么才好。

国内战争急转直下，上海解放了。由许涤新同志介绍，我乘《大公报》包租的"盛京轮"在1949年6月3日从香港回到上海。临行匆匆，没有跟任何亲友打招呼，刘尊棋先生当然不知道我的行踪。一下轮船，看到久别了的上海，我心中有无法形容的感触。我四面张望，看看刘尊棋先生有没有同船回来，没有看到他。可是意外地看到了杨刚女士，她是我下了码头看到的第一个熟人。

上海港口被水雷封锁了，"盛京轮"被困在港内。我留在上海复旦大学任教。这样又跟刘尊棋先生分开了。隔了一段时间，在报纸上看到，刘尊棋先生到了北京，担任外文局的领导之一，我心中为他高兴。可是，又隔了一段时间，听说他受到政治处分，被隔离起来了，不知道是为了什么事情。很晚我才知道，他在"文化大革命"中又被关进监牢，不知又为何事。就这样，多年不知道他的下落。

我在1956年调来北京，在中国文字改革委员会工作。在"文化大革命"之后的1978年，姜椿芳同志创办"中国大百科全书出版社",邀请刘尊棋同志共同负责筹备工作。当时,我也稍稍帮助姜椿芳同志做些事情。有一天,姜椿芳同志偕同跟我久别了的刘尊棋同志来到我家,一同去北京东南角,看看那里的几间破旧屋子是否可以暂时作为"大百科"的筹备处。这时候,我才知道刘尊棋同志得到平反还不很久。从这时候起,我把一向对他用的称呼"先生"改为中华人民共和国成立后的通用称呼"同志"。

主持简明不列颠

"改革开放"使局势迅速变化。"大百科"跟美国"不列颠出版社"合作翻译出版《简明不列颠百科全书》,组成"中美联合编审委员会",刘尊棋同志担任中方主席,我是中方三委员之一。我高兴能够跟他一同工作。

中美关系发生极大的变化,可是许多人对美国仍旧保持着高度的警惕。人们警告说,翻译出版美国的"百科全书",其中充满着资本主义和帝国主义的思想,任何一个条文都可能使你们这批人关进监牢里去。的确,这是一件值得做,但又是最好不做的工作。说它值得做,因为中国需要了解外面世界的事实和观点。说它最好不做,因为这是充满着意识形态危险的工作。

可是,刘尊棋同志对美国的"攻势"应付自如,处理得不卑不亢,解决了一个又一个难题。他高瞻远瞩,目光不仅看到中国,还看到世界,不仅看到今天,还看到明天,所以他能够担任别人不敢担任的工作。

创办英文《中国日报》

在负责《简明不列颠百科全书》工作的同时,他被任命为英文《中国日报》的总编辑。一天,他请我去《中国日报》看看他的编辑部。我走进他的一间小小的卧室,看见一张单人钢丝床,一张单人小书桌,一盏小酒精灯,几包方便面。他说,晚上住在这里的时候,就自己煮方便面吃。这样一位发行到全世界去的日报的总编辑,恐怕全世界找不到第二个吧。

直到写这篇悼念文章之前,我才知道,刘尊棋同志在过去四十多年中,受尽人间折磨,从劳改到劳改,从监狱到监狱,最后,感谢党的伟大,冤案终于平反。长期而残酷的折磨,使他身患重病,妻离子散,但是,没有能摧毁他的意志,没有能破坏他的理想,没有能使他丧失智慧,没有能使他放弃追求。他真正当得起"百折不挠、坚苦卓绝"这八个字。在他最后的岁月中，终于遇到了一个宽松开放的时期，做成了几件有利于人民的工作。这是他的幸运，也是国家的幸运。他是一位有世界眼光的新闻记者，一位知识广博的文化人，一位足智多谋的事业家，一位不平凡的平凡人。中国的知识界将永远为失去了这样一位不平凡的平凡人而哀悼！

《中国大百科全书》的创始人姜椿芳①

姜椿芳同志是一位"厚今"而"不薄古"的革命家。他一生为出版事业、教育事业和文化事业做了许多工作,贡献很大。他了解新事物、提倡新事物,同时又了解古文化、提倡古文化。下面谈他"厚今"而"不薄古"的两件小事。

大百科全书和拼音序列

"十年动乱"结束了,"四人帮"被打倒了。在这春回大地的时候,有一天姜椿芳同志同倪海曙先生来到我家。我问姜同志:"您是否仍旧去主持编译局?"他摇摇头说:"不去了,想做点儿别的工作。"倪先生说:"他想创办中国大百

---

① 此文为周有光与张允和为追思姜椿芳同志而作,收入《文化灵苗播种人姜椿芳》,中国文史出版社1990年版。——编者注

科全书,为此我们来同你商量。"我对姜同志说:"中国没有一部现代的百科全书,几十年来一直有人提倡,但是只说不做。50年代一度热了起来,后来又冷了下去,这件事如果由您来登高一呼,就有实现可能。"倪先生也对他说:"的确,这件事由您来主办是最合适不过的了。"姜椿芳同志的工作特点是:大胆创业,细心办事。经过一番筚路蓝缕的奋斗,七十五卷《中国大百科全书》的第一卷《天文学》在1980年出版了。这一年可以说是现代百科全书在中国诞生之年。

接着,姜椿芳同志到美国,跟美国"大英百科全书公司"签订合约,编译出版中文的简明版,由刘尊棋同志主持,钱伟长先生和我参加"中美联合编审委员会",徐慰曾同志负责具体编译工作。姜和刘二位都认为中文译作"大英"不妥,可以改按音译为"不列颠"。经过五年努力,动员了500位教授和专家,全书十册的《简明不列颠百科全书》在1986年出齐。这两部百科全书的出版奠定了我国现代百科全书事业的基础。

对《中国大百科全书》和《简明不列颠百科全书》中文版的条目序列方法,姜椿芳同志煞费了一番苦心。他认为,对百科全书这样的大型工具书来说,正文中条目的序列方法是一个关系到检索效率的大问题。传统办法是按照汉字的部首和笔画来排列，这在卷数不多的辞书中已经证明检索不便，在卷数很多的百科全书中将是十分不便。倪先生和我建议按照汉语拼音字母排列，采用所谓"音序法"。姜同志说，汉语拼音字母"音序法"虽有百利，也有一弊，就是中年以上的知识分子不懂拼音，而且社会上有一种惰性心理：宁取不方便的旧方法，不取方便的新方法。因此，采用"音序法"还得慎重。经过多次跟不同专业者举行座谈，征求意见，最后，姜同志得到的结论是：音序法的利点大大多于部首法。两利相权取其重，两弊相权取其轻，决定采用音序法。这是大型辞书排序法的一次革命性的创举。中国内地每年入学的小学生有两千几百万人，他们都学拼音，音序法无疑是前进的方向。《辞海》采用部首法，可是很多使用者说，先查附录中的音序索引，速度可以提高三倍。

音序法有两种。一种是纯字母排列法，不照顾汉字。另一种是"字母、汉字、字母"排列法，把条头汉字相同条文排在一起。为了照顾习惯，姜同志决定采用后一排列法，以便逐步前进，不致脱离群众。这是姜椿芳同志"厚今"、"革新"，而又保证成功的革命技术。

《中国大百科全书》的条目上都有拼音,作为序列的标志。《简明不列颠百科全书》中文版的正文条目也用音序法排列,可是排印时删去了条目上注的拼音。这样做可以节省篇幅和排字工作,可是检索稍有不便。台湾的《简明大英百科全书》中文版在正文中以英文为条目。英文的纯字母排列法对检索来说是最方便的,可是英文水平稍差的读者用英文条目是不便的,英文水平较高的读者又可能宁愿查英文版而不查中文版。在这里,中文遇到了检索现代化的问题。辞书序列方法的革新对中文来说是"信息化"的一个关键。姜椿芳同志毅然走"信息化"的"厚今"道路,在出版史上是一件有开创意义的"小事"。

纪念汤显祖逝世三百七十周年

姜同志到我家,一向没有同我的老伴张允和谈过天。有一天,我告诉姜同志,她爱好昆曲。姜同志坐下来对她说:"噢,昆曲。那你认识不认识顾传玠,传字辈挂头牌的?"张允和笑了:"怎么不认识,顾传玠是我的大姐夫。您怎么认识他的?"姜同志说:"不但认识,而且很熟,我还到顾家吃过饭。那时我在上海做文艺界的地下工作。"

姜同志提倡昆曲,1986年3月15日"中国昆曲研究会"成立,姜同志以副会长主持成立大会。在研究会的一次座谈会上,张允和建议要纪念汤显祖,会后又写了一封信给姜同志,信中说:"今年是汤显祖逝世三百七十周年。汤和莎士比亚同在1616年去世,汤老比莎翁大十四岁。莎翁7月去世,汤老9月去世,今年秋天开一次纪念汤老的纪念会最好。纪念莎翁有24个剧团演出七十多场莎翁戏剧,还演了昆曲的莎剧。可是对东方的莎士比亚汤显祖为什么没有一点儿动静呢?"

　　过了几天,姜同志亲笔复信给张允和,表示同意。信上的字写得很大,向一边斜,显然因为他的眼睛不好,亲笔写信困难了。后来知道,姜同志把张允和的信转到文化部,又转到中央,纪念汤显祖的建议居然得到批准。

　　研究会的秘书长柳以真同志来到我家说,姜同志决定邀请顾传玠的夫人张元和来参加大会,请张允和代为打长途电话去邀请。10月11日张元和从美国来到北京,第二天由张允和同她去拜望姜同志。见面时候姜同志说:"顾传玠不但文戏演得好,对耍翎子也很有功夫。顾传玠说过,他练耍翎子是把下颏放在一个小酒杯里,靠着酒杯边缘转,各种各样的转,翎子自然左右逢源,活跃非凡。"

周有光夫妇摄于 1976 年，当时"文革"
刚刚结束。

这些话,张元和以前也没有听到顾传玠说过。怪不得顾传玠在《连环计·小宴》中演吕布有特别的翎子功,配合传神的"虎步",显出了吕布的武将神采。姜同志对昆曲的演技细节记得那么清楚,可见他热爱传统文化之深。这是他"厚今"而"不薄古"的事例之一。

姜同志是一位难得的有学问、有道德的老革命家,他的高尚风格将永远是后世的模范。

怀念敬爱的张寿镛校长

　　光华大学张寿镛校长的公子张芝联教授来访,嘱张允和和我写文章纪念我们敬爱的张校长。张允和和我都是在张校长的教育下成长起来的,我们当然立刻答应。我们商量,两人各写一篇,因为我们夫妇两人是先后同学,得到张校长教诲的时间不同。可是两人都迟迟没有动笔,因为越是想把文章认真写好,越是难于动笔。不幸,在2002年8月18日张允和去世了！这个晴天霹雳把我打击得呆若木鸡！她临终前没有来得及把她想要写什么告诉我,十分遗憾！日前张芝联教授来催我的文章,希望我代替张允和写些回忆,并且给我看俞信芳先生的《张寿镛先生传》的书稿,使我感到既惭愧又紧张！

　　张允和是光华大学招收的第一批女生中的一个。那时候是上海各大学实行男女同学的开始时期。光华大学建造了女生宿舍,女同学组织女同学会,在选举第一届干事和会长中,张允和被选为会长。当时的学生会要参与学校的校务工作,张允和于是跟张校长就有许多接触的机会。

有一件事,张允和念念不忘。光华大学每年举行学生演讲比赛。在某次比赛中,张允和得到的评分跟另一位男同学相等,两人并列第一。在这种情况下,担任评判委员会主席的张校长将投最后一票决定谁是冠军。张校长经过退席考虑之后,投了张允和一票,于是张允和成为冠军。一个女同学成为大学演讲比赛的冠军,不仅轰动了光华大学,也轰动了当时上海的大学界。这是张校长提倡女权的一次模范行动。一枚金质冠军奖章,成为张允和的传代之宝。

有一年,女生宿舍忽然起火,幸亏发生在白天,没有人受伤。但是,楼房烧毁,行李和书籍付之一炬,造成生活和学习的许多困难。张校长亲自前来指导救火,并为每一个女生解决具体的困难。张校长借此机会,教育学生要临危不惊,镇定应付,理智处事,先重后轻,使学生受到一次为人处世的教育。女同学感受深刻,都说张校长爱生如子。

在1925年上海"五卅惨案"之后,要为圣约翰大学离校师生创办一所私立大学，这是一件非常重大而又万分艰难的事业。启动这件重大事业,首先要推举一位德高望重的人物来担任校长,这位校长既要能得到学术界的尊重,又要能为创办大学筹划经费。上海各界一致推举张寿镛先生,他是清代学者,曾任江苏省财政厅厅长、国民政府财政部次长,当时担任松沪道尹。张寿镛先生临危受命,知难而进,应承了这个时代的呼唤。

创办私立光华大学有三大问题:生源问题、师资问题和经费问题。生源问题不大,因为有离校学生作为基础,再添招一些新生就可以了。师资问题比较难。著名学者不一定肯来新办的大学。张校长首先聘请到当时威望最高的两位教育家,朱经农先生和廖茂如先生,通过他们聘请国内外知名学者,壮大离校教师的队伍。不少著名学者出于爱国心,欣然前来光华任教。光华的教授阵容光辉夺目,胜过圣约翰大学,成为当时全国大学界的翘楚。最难的问题是筹划经费。张校长是理财能手, 在全国爱国气氛中,捐款终于源源而来。张校长动员离校同学,劝自己的家长踊跃捐输, 得到离校同学家长王省三先生捐助上海近郊地皮100亩,又得到菲律宾等地华侨留学生家长捐建三座堂皇的教学主楼。这样就立刻兴工建筑新的校园。光华大学建校比较顺利,反映了当时中华民族的觉醒和勇气。可是如果没有张校长的运筹帷幄,指挥若定,是不会得到如此成功的。

当时有一个紧急的大问题:不能等待新的校园建设完再开学,必须立即开学,继续学业,不使弦歌中断,否则离校师生就会离散。这时候,张校长有两位得力的助手,一位是陈训恕,一位是史乃康,他们都是离校同学,在离校时候已经毕业,没有来得及拿文凭。他们是筹备光华大学紧急开学的两位重要助手。于是,在上海霞飞路租用民房作为临时宿舍,租用空地建设几个芦席篷临时大课堂,使教学工作立即开始。我就是在芦席篷临时大课堂里聆听当时多位著名学者的教诲的。张校长也时来芦席篷临时大课堂对学生讲话。这一幕筚路蓝缕的悲壮场面,希望不要被历史遗忘了。

史乃康是我中学的先辈同学,他听到我经济困难,付不出学费,就告诉我:校长室需要一个文书员,将在同学中招考,半工半读,你可以去报考。考试结果,我被录取,免除学费,每月还有30元津贴,这就解决了我上学的经济困难。我的工作是按照规定书写往来中英文的书信。在工作中,我学到许多张校长的办事方法。

我们青年同学常常议论张校长。大家认为,张校长以清代科举出身的儒家学者,能自学成为理财能手的现代人才,这种自学精神非常值得学习。在1925年时候,国民党北伐节节胜利,江南人民大都寄希望于国民革命。国民政府任用高官,首选英美留学生,张校长能在这个环境中得到重用,因为他有别人难于企及的才能。他弃官办学,不是官员下台,寄生于学校,而是认定教育事业比政治工作更有远大的建国作用,然后决心改变任务的。

张校长的办学原则是,按照当时公认为先进的英美教育方法,实行学术自由,教授治校。学校中行政人员很少。校长、教授和学生打成一片,亲如一家。直到1949年,光华大学的附属中学还是上海各中学中的优秀典型。

在抗日战争中,张校长请会计界元老谢霖先生为代表,到成都去开办一所成都光华大学分校(成华大学)。这件事说明张校长的远见。他不主张战时暂时到后方躲避一下,战后立即撤回原地,在后方不留痕迹,而是要把大学教育扩大到教育落后的中国西部,作为开发西部的长远打算。这在今天高呼开发西部的时候,值得怀念。

光华大学由于日本帝国主义激起的"五卅"运动而创办,又在日本帝国主义侵略上海的战争中被炮火毁灭。

1949年后,所有私立大学一概收归国办,光华大学的光辉历史未能再呈现于中国。历史不会忘掉张寿镛校长创办光华大学的这段可歌可泣的故事。

张寿镛先生一生做了三件大事:(1)从清代学者自学理财,成为现代理财专家,树立自学成才的典范。(2)收集、编辑、影印《四明丛书》,成为考据文献专家,为弘扬传统文化作出具体贡献。(3)在艰难危急中创办光华大学,伸张民族正气,培植建国人才,为建设现代化中国树立根基。张校长说:"莫为一身谋,而有天下志;莫为终身计,而有后世虑。"张校长的言行,我们应当好好学习。

俞信芳先生的《张寿镛先生传》,是一部多年心血、广收博引、实事求是、慎重下笔的精心著作,有历史和文献价值,对今天想要了解不久以前真实历史的读者,是极有价值的读物。

2003年3月31日　时年98岁

连襟沈从文

沈从文这个人了不起,连小学也没有毕业,我们亲戚的小孩小学毕业了,去告诉他:"我小学毕业了。"他说:"真好,你小学毕业了,我小学还没有毕业。"我们在上海,他们在北京,所以人家讲笑话,说沈从文是京派,我是海派。倒是中华人民共和国成立后,我到北京来,这样就跟沈从文经常在一起了。

1955年我到了北京,沈从文也在北京,我们就经常来往。而中华人民共和国成立前,因为我在国外,与他没有什么往来。沈从文是一个很"奇怪"的人,他生于湘西凤凰,那儿今天都比较闭塞,更不用说当年。但是他家是书香门第,后来慢慢衰败。他小时候阅读了很多古书,但连小学都没有毕业,为找工作糊口,当了军队里的一个文书员。当时军队很穷,他就把箱子当桌子在上面写字。在"五四"时代,北京、上海出版了很多译著,特别是外国小说,这些东西引起

1958 年，沈从文（左）、周有光（右）两连襟
摄于沙滩后街 45 号家门前。

沈从文的很大兴趣，也使得他受到了新思想的影响。后来，他想办法进了北京，"乡下人进城了"。但是他了不起的是，什么都是靠自修成才。他没有进过新式学校，不懂英文、法文，但是他大量阅读了法国译著，自己写的小说很像法国小说的味道。我想起爱因斯坦讲过一句话：一个人活到六七十岁，大概有十三年做工作，有十七年是业余时间，此外是吃饭睡觉的时间。一个人能不能成才，关键在于利用你的十七年，能够利用业余时间的人就能成才，否则就不能成才。这句话非常有道理。

　　沈从文还有一点了不起，中华人民共和国成立以后沈从文被郭沫若定性为"粉红色文人"。因为沈从文与胡适关系好，胡适当年被贬得一无是处，所以沈从文也受到牵连，被安排到故宫博物院当解说员，别人都以为他很不高兴，他一点儿都不在乎，他说："我正好有这个机会接触那么多古董！"于是，他就研究古代服饰，后来写成《中国古代服饰研究》。这也证明，沈从文度量大，一点儿架子没有，这也是他了不起的地方。沈从文如果多活两年，很有可能得诺贝尔文学奖。

2008年

巧遇空军英雄杜立德

汽笛长鸣

"二战"时候,1942年春天,我路过浙江金华,住在一个小旅馆里,等待长途汽车回重庆。一天晚上,汽笛长鸣,警告敌机来轰炸了。电灯全部熄灭。可是等了一晚,没有听到炸弹声。

隔了一天,我同事的女婿,一位驻金华的青年军官,匆匆忙忙地来看我。他的丈人托他帮助我设法购买长途汽车票。他原来说,此事没有十分把握。这时候他告诉我:"好了,准备行李吧,明天你大致可以动身了。"我喜出望外!可是他说:"要请你帮一个忙。""帮什么忙呢?"我等待他的下文。

他说："前晚,来的不是敌机,而是美国飞机。轰炸东京之后飞来中国的轰炸机。这一批美国飞行员,今晚我们要宴请。没有合适的翻译,不得已想请你当个临时翻译。明天他们坐吉普车去桂林。你可以乘车同去,一路上为他们当临时翻译。可以吗?"

他深恐我不肯。我呢,觉得机会好极了。当天晚上我坐在贵宾的旁边,担任翻译,吃了一餐意外的晚餐。主人欢迎,客人答谢,都由我翻译。这时候,我弄清楚了,美军的领头人叫杜立德。第二天,我和杜立德一同坐一辆吉普车,一路担任翻译,开向桂林。

五十年后

这件事,过去了刚好五十年。那天第一次轰炸东京是1942年4月18日。最近,《人民日报》海外版连续报道说:"昔日营救结厚谊,今朝异地喜重逢,五位中国老人在美受热烈欢迎";"布什总统祝贺中国老人和美飞行员重逢";"美国防部长会见五位中国老人"。五位老人是当时曾营救跳伞落地的美国飞行员的中国老百姓。这些新闻使我想起五十年前我跟杜立德和美国飞行员巧遇的往事,依稀似梦。

我记得,杜立德告诉我,他已经四十多岁了,可是身体强壮。像小孩子一样,他当我的面,蹦了两蹦,证明他的身体健康。我们一起拍了照片,在"文革"中遗失。

我记得,敞篷的吉普车,在崎岖的道路上奔驰,风沙很大,我吹了风,咳嗽起来了。杜立德脱下他身上的皮夹克给我反穿,以便挡风。

我记得,车队一路走了大约三天,经过的净是小城镇,只有一个地方有小规模的招待所。其他地方都借住在天主教堂里。

他们告诉我:美国一艘小型航空母舰,载16架轰炸机,每机7人,偷偷地开进东京湾。飞机起飞后,航空母舰就开走了,飞机不复飞回航空母舰。事前同中国约好,对东京轰炸后,飞到金华,降落机场,把轰炸机全部送给中国。不幸中国方面把"时差"算错了。友机当作敌机。灯火管制,无法降落。不得已放弃飞机,人员用降落伞下地。所幸人员全部安全,只有极少几个人降落时受点儿轻伤。(当时是这样说的。)

杜立德的全名是James.H.Doolittle,现在报纸翻译为"杜利特尔",我曾同他开玩笑说,你的名字叫"做得少"(do

121

little),可是你却"做得很多"(doing much)。

一到桂林,好像长夜漫漫,忽然天亮,什么都不成问题了。他们乘军用飞机去重庆(然后回美国)。我这个临时翻译也就向他们辞别,另乘长途汽车回重庆。

纽约重逢

战争胜利结束后,1946年我到纽约。杜立德复员后在纽约壳牌石油公司当董事长。我打电话给他。他邀请我到他的办公室叙旧,热情招待我。他的办公室用软木装饰墙壁,气派豪华。他对我说:"时间真快,你见到的那些小伙子们,现在都秃顶了。"

第一次成功地轰炸东京,有重大的军事和政治意义。不久,他晋升为地中海联军空军总司令。五十年后的今天,他以95岁的高龄,住在美国加利福尼亚。我向他遥祝:万寿无疆!

圣约翰大学的依稀杂忆

圣约翰大学的校友对我说,"五卅惨案"(1925年)以前的校友可能只剩你一个了,请你写点儿回忆吧!我的记忆急剧衰退,只留下依稀的杂忆,害怕记忆错乱,闹出笑话。勉强写下,只是姑妄言之。

1923年,我考入圣约翰大学。我是从静安寺坐独轮车到学校的。在路上回头看一看,后面还有四五辆独轮车向梵皇渡方向行进。土包子走进洋学堂,处处都新奇。

入学第一件事是付费注册。注册第一个手续是领取一张姓名卡片,上面用打字机打上我的姓名罗马字拼写法。校方叮嘱,一切作业和文件,都得按照这样拼写打上我的姓名。一看,这是上海话的罗马字拼音。校方不用北京话的"威妥玛"拼写法,自行规定一种上海话罗马字,全校必须遵守。学校档案都用这种字母顺序来处理。我开始看到了字母顺序的科学管理。

校园很美,建筑区之外有花园区,是从兆丰花园划过来的,也叫兆丰花园。人要衣装,佛要金装,校园要草坪和树木来装饰。校园之内,人行道以外全是绿色草坪,花园中有许多参天大树。当时这个校园,跟世界上任何优美校园相比,绝无逊色。

在两座楼房之间,学生抄近路不顾规定,践踏草坪来去。校方因势利导,在这踏坏的一条草坪上铺上石板,使不合法的过道变成合法的过道,而且显得更加优美。

把偌大的校园整理得如此整齐,要感谢总务长李瀚绶,他是前辈校友,管理能力使人佩服。当时大家不知道他的中文名字,只叫他O.Z.Li。他的办公室只有很少几个人,干活都招临时工来做。

校园语言用英语。一进学校,犹如到了外国,布告都用英文。课程如自然科学和社会科学等,是外国学问,用外国的英文课本,教师大都是美国人,讲授用英语。只有中国课程如中国古文和中国历史,由中国教师讲授。中国教师自成团体,有一个领导。"五卅惨案"之前的领导是有名的教育家孟宪承先生,孟先生也是前辈校友。

古文教师是经学家钱基博先生。学生用钢笔写作业,他大骂!中国人不会用中国笔!用钢笔写的作业一概退还重写,用毛笔!学生私下嘀咕:笔还分国籍呢!

校长卜舫济,美国人,能说一口浦东腔上海话。有一次,他用上海浦东话对学生说:你们离开房间的时候,要把电灯关掉,否则浪费电力,电厂就要发财,学校就要发穷!学生大乐!卜舫济校长亲自授课,教哲学史。枯燥乏味的课程,他教得生动活泼。我至今还记得他在课堂上的传授:尼采说,不要生气,生气是把别人的错误来责罚自己。

教师指定的课外读物,常有《大英百科全书》的条目。我原来只听说《大英百科全书》,现在第一次使用它,觉得进入了一个新的境界。

一位英国教师教我如何看报。他说:第一,问自己,今天哪一条新闻最重要? 第二,再问自己,为什么这一条最重要? 第三,还要问自己,这条新闻的背景我知道吗? 不知道就去图书馆查书,首先查看《大英百科全书》。我照他的方法看报,觉得知识有所长进,同时锻炼了独立思考。

我看到同学有自来水笔,那是从国外带回来的,很感羡慕。不久,上海也有出售了。我去买了一支,爱不释手。文房四宝变成文房一宝,不是异想天开吗?

我看到同学有打字机,更加稀奇,一再借来学习打字。

既打英文，又打国语罗马字。由此我体会到国语罗马字的好处。我觉得书写的机械化是一件大事。汉字也能用打字机吗？不久日本做的汉字打字机输来上海，但是使用不便。

英语之外要读一种第二外国语，我选读法语。老师是一位法国老太太，她养一头小狮子狗，上课带到课堂上，先向小狗讲许多话，叫它安定下来，不要吵闹，然后开始教学生。她教课只说法语，不说英语，开头我们听不懂，后来渐渐就听懂了。

进入二年级，学校通知学生讨论"荣誉制度"(honor system)，这是考试无人监考的信任制度。目的是培养人格，培养道德，培养青年自己站起来做人。"荣誉制度"以课程为单位，如果同班、同课程的同学大家同意，就可以申请实行。我们经过多次讨论之后，提出了申请。同学自己去取考题，老师不来监考，的确无人作弊。

圣约翰是教会学校，但是不仅信教自由，而且思想自由。我从图书馆借来马克思的《资本论》英译本，埋头看完，没有看懂。又借来托洛茨基的《斯大林伪造历史》，英文写得很好，当时我不相信他的说法，认为他在造谣。我有两位同班同学到前苏联中山大学去读书，被打成特务，长期坐水牢。一位终于回国，一位不知去向。

学校实行学分制,班级可以略有伸缩。大学一年级不分专业,二年级开始分专业,专业可以更换。每人选两个专业,一个主专业和一个副专业。专业主要分文科理科,分得极粗。学校手册上说,大学培养完备的人格、宽广的知识,在这个基础上自己去选择专业。这跟前苏联方式一进大学就细分专业完全不同。

我的数学成绩比较好,教师希望我选择数学为专业,我的同学一致反对。他们说,圣约翰的长处在文科,来圣约翰而不读文科,等于放弃了极好的机会,我于是选择文科。

当时中国的大学教育不发达。圣约翰算是最大的大学,只有大学生500人,连附属中学的中学生500人,号称1000人,这是规模最大的学府了。据说,当时北大只有大学生200人,杭州之江大学只有大学生80人。规模跟今天相比,几乎小得难以相信。

圣约翰的毕业生受社会欢迎。校友很多在外交界工作,还有很多在当时英国管理的海关、邮局、银行、盐务等事业中就业。这些都是高薪工作,由此被骂为买办阶级。当时,薪金(薪水)和工资,含义不同,薪金是中产阶级的酬劳,工资是劳动阶级的酬劳,高低悬殊,俨然有别。现在中国青年们不懂得薪金和工资的分别了。八十年前的生活和思想跟今天大不相同，历史在曲折前进。

圣约翰出了许多名人。赫赫有名的外交家颜惠卿出自圣约翰。有一座宿舍楼纪念他的父亲颜永京，名为"思颜堂"。顾维钧半夜私出校门被开除，后来成为大名鼎鼎的外交家，来校演讲，受到盛大欢迎。我去意大利的米兰旅游，到领事馆登记，出来的领事是我的同班同学。外交是圣约翰校友的拿手好戏。

宋子安比我高一班。星期六下午宋庆龄和宋美龄有时来校接宋子安回家，顺便到兆丰花园溜达。宋子安的一位同班同学跟宋美龄谈恋爱。他相貌堂堂，一表人才，只是一个牙齿有点儿歪斜，他去修正了牙齿，显得更加倜傥，真是城北徐公。不久宋美龄跟大人物结婚了。同学们见到他就说，你的牙齿修得真好呀！

名作家林语堂是校友，他长住在美国，设计一部新型的汉字机械打字机。我到他家去，他的女儿表演打字给我看。后来发展汉字的电子打字机——他的发明没有得到推广。

圣约翰的校友中有许多实业家。抗战时期，我在汉口拥挤得无法插足的民生轮船公司售票处遇到同学童少生,他问我来干吗？我说来买票去重庆。他说你跟我来,给我一张大菜间的票, 还说你一家在这个小房间里挤一挤吧。这在逃难的当时,是天大的奇遇。

我的妻子张允和,她的姑夫刘凤生,跟邹韬奋同班,都是圣约翰的前辈同学。邹家穷,刘把家里给的钱分一半给邹,助邹上学。抗战前夜,他们二位、我和我妻子,多次约好在礼拜六晚上去百乐门舞厅跳舞。这是当时的高尚娱乐。我们都是埋头苦干的工作,也要轻松一下。

圣约翰大学和中学同在一个校园,都是男校。当时还没有男女同学。另有圣玛丽亚女中,校址离开不远。每逢圣诞节,圣玛丽亚的女生来到大学校园一同做礼拜,热闹非凡。这叫作大团圆。

2009年

妻子张允和

张家四姐妹的名气很大,不光在中国,在外国都有很大的影响,前几年美国耶鲁大学的金安平女士撰写了一本《合肥四姊妹》。张家作为一个大家,开始于我老伴张允和的曾祖父张树声,张树声是跟随李鸿章打仗出身的,"张家"与"李家"相并列。李鸿章因母亲去世,清朝大官允许回家守孝三个月。李鸿章回乡丁忧的时候,职务就是由张树声代理的。张树声的官做得很大,任过直隶总督、两广总督、两江总督。下一代人也做了很大的官,到第三代张允和的父亲张武龄,生于清朝末年,受了新思想的影响。他知道家里有钱、有地位,但总这样下去不行,就决定离开安徽,到苏州兴办新式教育。1921年他在苏州办乐益女子学校,很成功。他跟蔡元培、蒋梦麟等当时许多有名的教育家结成朋友,帮助他把学校办好。他不接受外界捐款,别人想

1946年三姐妹与她们的夫婿。

前排左起：张元和、顾传玠，后排左起：张允和、周有光、沈从文、张兆和。

办法找捐款,他恰恰相反,有捐款也不要。当时有一个笑话,他的本家嘲笑他:"这个人笨得要死,钱不花在自己的儿女身上,花在别人的儿女身上。"其实,他在当时比较先进、开明,他的财产专门用来办教育,他对下一代主张,自己的钱只给儿女教育。

我的老伴兄弟姐妹一共十个,四个女的——"张家四姐妹"受到了当时比较好的教育。不仅是新的大学教育,传统国学的基础也比较好。叶圣陶在我岳父的学校教过书,他讲过一句话:"九如巷张家的四个才女,谁娶了她们都会幸福一辈子。"

九如巷原来在全城的中心,住房跟学校是通的。中华人民共和国成立后,苏州政府把原来的房子拆掉,在这个地方建了高楼,成了政府办公的地方。张家住的房子归了公家,现在张允和还有一个弟弟住在那里,原来的房子还剩下从前所谓的"下房",现在就修理修理住了。苏州城中心的一个公园,九如巷在那儿旁边,找到公园就找到九如巷。从前,很近就到公园、图书馆。苏州在我们青年时代河流很多,现在都填掉,变成了路,不好。

有趣味的是,我们家家道中落,她们家家道上升,都跟太平天国有关系。我的曾祖父原来在外地做官,后来回到常州,很有钱,办纱厂、布厂、当铺。"长毛"来了,清朝没有一个抵抗"长毛"的计划,本地军队结合起来抵抗,城里不能跟外面来往了,城里的经费都是我的曾祖父给的。"长毛"打不进来,就走了,打下南京成立太平天国,隔了两年又来打常州,就打下来了,我的曾祖父投水而死。太平天国灭亡以后,清朝就封他一个官——世袭云骑尉。世袭云骑尉是死了以后要给子孙世袭很多钱。我的祖父在打太平天国的时候在外面,打完就回来,不用做官,每年可以领到很多钱。一直到民国,才没有了。原来的当铺、工场地皮还在,房子大部分被太平军烧掉了,剩下的几年卖一处,花几年,再卖一处,花几年。当时家的架子还很大,我的父亲是教书的,要维持这么大一个家庭当然不行。我父亲后来自己办一个国学馆,收入不是很多,维持一个小家庭可以,维持一个大家庭当然不行。这样子,就穷下来,所以到了我读大学时是最穷的时候,连读大学的学费都拿不出来。

我们两家在苏州,我的妹妹周俊人在乐益女子中学读书。张允和是我妹妹的同学,常常来看我的妹妹,到我家来玩,这样我们就认识了。放假,我们家的兄弟姐妹,她们家的兄弟姐妹常常在一起玩。苏州最好玩的地方就是从闾门到虎丘,近的到虎丘,远的到东山,有很多路,还有河流,可以坐船,可以骑车,可以骑驴,骑驴到虎丘很好玩的,又没有危险。这样子一步一步,没有"冲击式"的恋爱过程。

我们年轻朋友放假可以在他们学校里面玩,打球很方便,地方比较适中。他们家的风气非常开通,孩子们有孩子们的朋友,上一代有上一代的朋友,在当时是很自由开通的风气,一点没有拘束的样子。我不是一个人去,就是几个人去。

张家四姐妹小时候学昆曲。当时昆曲是最高雅的娱乐,因为过年过节赌钱、喝酒,张武龄不喜欢这一套,觉得还不如让小孩子学昆曲。小孩子开始觉得好玩,后来越来越喜欢昆曲,昆曲的文学引人入胜。昆曲是诗词语言,写得非常好,这对古文进步很有关系。张允和会唱、会演昆曲。后来俞平伯搞《红楼梦》研究被批判,我们1956年从上海来北京,俞平伯建议我们成立北京昆曲研习社。爱好者在一起,在旧社会讲起来是比较高尚的娱乐,增加生活的意义。起初俞平伯做社长,后来"文化大革命"不许搞了,"文革"结束后,俞平伯不肯做社长了,就推张允和做社长。昆曲研习社今天还存在,社长是张允和的学生欧阳启名,她是欧阳中石的女儿。欧阳启名很倒霉,中学毕业了,资产阶级家庭的孩子不许进大学,她只好去修表,"文化大革命"一结束,她由朋友介绍到日本去读了好几年书,回来后在首都师范大学教书。我也算昆曲会的会员,我是不积极的,可是每一次开会我都到。张允和是积极参加研究工作、演出、编辑。我去陪她。

张家姐妹兄弟小时候在家里办一份家庭杂志叫作《水》,亲戚朋友自己看着玩的。这个杂志后来停了,隔了许多年,到了我老伴八十多岁的时候想复刊,也是家里面玩的。复刊了,叶稚珊就在报上写了一篇文章讲这个事情,她说这是天下最小的刊物。她一写,大出版家范用就要看,一看觉得不得了,后来就出《浪花集》。《浪花集》是张允和和张兆和编的,还没有出版就去世了。事情也巧,我的老伴是93岁去世,张兆和比她小1岁,第二年也是93岁去世了。我给书写了后记。

2008年

135

张允和的乐观人生

　　关于张允和的生平和写作，亲戚们、朋友们经常有许多谈论。一位亲戚说：张允和的笔墨，别具风格。浅显而活泼，家常而睿智，读来顺溜而愉快。你不停地阅读下去，有如对面闲聊，不知不觉忘掉自己是读者，好像作者是在代替读者诉说心曲，读者和作者融合一体、不分你我了。

　　一位亲戚说：张允和不是人们所说的"最后的闺秀"。她是典型的现代新女性。她的思想朝气蓬勃，充满现代意识。她学生时代的作文，把凄凉的"落花时节"，写成欢悦的"丰收佳节"；秋高气爽应当精神焕发，为何"秋风秋雨愁煞人"？她参加大学生国语比赛，自定题目"现在"；说青年们"抓住现在"，不要迷恋过去。她编辑报纸副刊，提出"女人不是花"，反对当时把女职员说成"花瓶"。

　　一位朋友说：张允和既是"五四"前的闺秀，又是"五

1953 年，周有光夫妇在苏州怡园。

四"后的新女性。她服膺"五四",致力启蒙,继承传统,追求现代。不幸生不逢辰,遭遇乖张暴戾。一代知识精英惨被摧残。无可奈何,以退为进,岂止是她一人?

政治运动像海啸一样滚滚卷来。张允和在20世纪50年代就不得不避乱家居,自称家庭妇女。她研究昆曲,帮助俞平伯先生创办北京昆曲研习社。她86岁学电脑,利用电脑编辑一份家庭小刊物,名叫《水》,后来出版集刊《浪花集》。她93岁去世那天的前夜,还同来客谈笑风生。来客给她拍了最后一张照片。她的骨灰埋在北京门头沟观涧台一棵花树根下,化作春泥更护花。

张允和受到人们爱护,不是因为她的特异,而是因为她的平凡,她是一代新女性中的一个平凡典型。

曲终人不散,秋去春又来。

张允和呈献俞平伯先生伉俪的贺寿诗:"人得多情人不老,多情到老情更好。"这就是张允和的乐观人生。

2008年8月22日　时年103岁

"流水式"的恋爱

我与张允和从认识到结婚的八年时间里，可以分三个阶段：第一个阶段，很普通的往来，主要在苏州；第二个阶段，到了上海开始交朋友，但是还不算是恋爱；第三个阶段，我在杭州民众教育学院教书，而她本来在上海读书，正好赶上浙江军阀与江苏军阀打仗，苏州到上海的交通瘫痪了，于是她就到杭州的之江大学借读。在杭州的一段时间，就是恋爱阶段。我跟她从做朋友到恋爱到结婚，可以说是很自然，也很巧，起初都在苏州，我到上海读书，她后来也到上海读书。后来更巧的是我到杭州，她也到杭州。常在一起，慢慢地、慢慢地自然地发展，不是像现在"冲击式"的恋爱，我们是"流水式"的恋爱，不是大风大浪的恋爱。

她们家跟我们家距离不是太远，因为她们家跟学校是连起来的，一早我们就到她们家去玩了，所以她们家长一早就见过我，不是特意去拜访。她们父母对我很好，她的父亲当时应当说是很开通的，对儿女是主张恋爱自由。许多人用旧的方法到她们家说亲，她的父亲说："婚姻让她们自由决定，父母不管。"她的父亲的思想在当时非常先进，这是受蔡元培他们的影响。他的学校办得也很好，也是受蔡元培他们的影响。他的学校也是自由主义，请来的老师只要教书好，政治背景不管。当时也不知道，共产党在苏州第一个机构就在他们学校成立，他也不管。

我们真正恋爱是在杭州，在苏州、在上海是朋友而已。开头我一个姐姐也在上海教书，那么我写了一封信给张允和，我记不清内容了，大概是她们家托我姐姐带什么东西给她，我写信大概是问她收到了没有。很普通的一封信，可是我们在一起应该是好多年的老朋友了，收到第一封信，她很紧张，就跟她一个年纪大的同学商量，她的同学一看，这个信是很普通的，你不复他反而不好，就开始通信。那封信可以说是有意写的，也可以说是无意写的，很自然的。

和张允认识之后，我们在一起的时间很少，因为我读书跟她读书不在一个学校，我工作时她还在读书。但是从前放假的时间很长，暑假都在苏州，常常在一起玩，特别在杭州，我在工作，她在那边读书。杭州地方比较小，又方便，风景又好，我们周末到西湖玩，西湖是最适合谈恋爱的。杭州后来也是破坏得厉害，原来庙的规模大得很，庙在古代就是旅馆，《西厢记》中，相国夫人和家人住在庙里，庙里招待得特别好。庙是谈恋爱的地方，庙是看戏的地方，庙是社交的地方。佛教能够兴旺，是跟社会结合起来的。

有一个趣味的事情，有一个星期天，我们一同到杭州灵隐寺，从山路步行上去。灵隐寺在当时规模很大，环境优美，现在只剩下了当中几间房子。当时恋爱跟现在不同，两个人距离至少要有一尺，不能手牵手，那时候是男女自由恋爱的开头，很拘束的。有趣的是，有一个和尚在我们后边听我们讲话，我们走累了，就在一棵树旁边坐下来，和尚也跟着坐下来，听我们讲话。听了半天，和尚问我："这个外国人来到中国几年了？"他以为张允和是外国人，可能因为张允和的鼻子比普通人高一些。我就开玩笑说："她来中国三年了。"和尚于是说："怪不得她的中国话讲得那么好！"

张允和的嘴比较快，什么要隐瞒的话，她一下子就讲出来了，人家说她是"快嘴李翠莲"。张允和学历史，她研

141

究历史有条件，因为古文底子好。从小读古书，《孟子》能从头到尾背出来。她小时候古文比我读得多。她常常跟我讲读书的情况，她的读书时代比我晚一点儿，因此比我更自由。老师是鼓励学生自己读书，她读了许多翻译的外国文学，受外国文学的影响比较大。可是另外一方面，她又受昆曲、中国古代文学影响。音乐方面，她喜欢中国古代音乐，我喜欢西洋音乐。她大学还没有毕业时，我毕业了，大概是1927年或1928年，我跟她交朋友时，夏天请她到上海听贝多芬的交响乐，在法租界的法国花园，一个人一个躺椅，躺着听，很贵，两个银圆一张票，躺了半天她睡着了。这是一个笑话。她对西洋音乐不像我这么有兴趣，我对中国音乐不像她那么有兴趣。结了婚，她听中国音乐我去参加，我听西洋音乐她去参加。

她的时代比我更自由开放，她是中国第一批进大学的女子。张允和从小就学风琴，那时候早期没有钢琴。我的姐姐喜欢图画，我的大姐姐是日本美术学院毕业的，她的图画很好。可是我没有学图画，我学拉小提琴，我不想做小提琴家，就是学着好玩，学了再听小提琴就懂得什么是好坏。在日本，我跟一个老师学小提琴，老师要求我一天拉四个小时，我说："不行，我是业余玩的，我有我的专业,没有多少时间。"我不想在音乐上花太长时间。

我和张允和谈恋爱时,社会上已经提倡自由恋爱,特别是张允和的父亲完全采取自由化。可是当时恋爱不像现在,那时候和女朋友同出去,两个人还要离开一段,不能勾肩搭背,还是比较拘束。一种社会风气要改变,是慢慢地一步一步来的。

2008年

残酷的自然规律

——《浪花集》①后记

　　张允和有十位姊妹兄弟,前面四位是姊妹,后面六位是兄弟。四位姊妹在初中读书的时候,课余办一个家庭刊物,自己写稿,自己油印,题名为《水》。这是家族和亲友间的联络和娱乐的小玩意儿,"不足为外人道也"。

　　七十年之后,张允和已经86岁,怀念姊妹兄弟和至亲好友,异地异邦,四散漂萍。她重新编印这个久已停刊的《水》,借以凝聚亲情、互通声气。起初她一人自写、自编、自印、自寄,每期只有25份。后来亲友中感兴趣的人渐多,增加到一百多份。

　　想不到这个微不足道的小玩意儿,被有名的记者叶稚珊女士看到,她在报刊上发表文章说,这是天下最小的刊

---

①《浪花集》,张允和、张兆和编著,新世界出版社2005年4月出版。——编者注

1996 年,周有光夫妇在书房。

物。更想不到被大名鼎鼎的出版家范用同志知道了,他发表文章说,这是20世纪的一大奇事。于是《水》的潜流,渗出了地面。

新世界出版社总编辑张世林先生,建议把《水》中文章选择一部分,编成一本书,公开出版,以便对这个别出心裁的家庭刊物有兴趣的广大读者,一睹为快。张允和欣然从命,会同三妹张兆和,编成这本《浪花集》。

《浪花集》正在编辑排印的时候,张允和在2002年8月14日忽然去世了,享年93岁。半年以后,在2003年2月16日,三妹张兆和,沈从文先生的夫人,也忽然去世了,享年93岁。姊妹两人,先后去世,都是享年93岁。93岁,是人生的一个难关吗?

我的夫人张允和的去世,对我是晴天霹雳。我们结婚七十年,从没想过会有一天二人之中少了一人。突如其来的打击,使我一时透不过气来。后来我忽然想起有一位哲学家说:"个体的死亡是群体发展的必要条件";"人如果都不死,人类就不能进化。"多么残酷的进化论!但是,我只有服从自然规律!原来,人生就是一朵浪花!

2003年4月2日夜半　时年98岁

辑 三

漫谈"西化"

本文发表于"文化大革命"的梦魇久久挥之不去的年代。读者评论说:万马齐喑,谈西色变,知识有罪,文化"休克",忽闻一声晨鸡报晓,方知苍天已明。

西方在哪里?

"西方"在哪里?不同的国家和不同的时代有不同的"西方"。对中国来说,主要有三个"西方":第一个是汉代的"西域",第二个是唐代的"西天",第三个是近代的"西洋"。从这些"西方"取得知识、技术和经世济民的丹方,就是"西化"。

西汉的张骞、东汉的班超,先后出使西域,这是人所共知的历史。当时所谓"西域"指的是玉门关以西、葱岭以东的广大地区。

两汉时代的"西域"是人烟稀少、交通困难的荒漠地区。汉代同这个地区往来,是为了抵御匈奴、保卫中原,不是去做文化交流。可是交通一打通,两地之间的文化自然地发生交流;即使两国对阵,也会在交战的接触中不由自主地相互学习。"接触发生交流",这是文化运动的规律。

汉代通西域,引进了西域的新事物。最重要的是大宛国的"汗血马"。这种被称为"天马"的骏马是古代战争和交通的利器,好比今天的坦克车和吉普车。从西域又引进了植物新品种:苜蓿、蚕豆、葡萄、胡桃、石榴等,以及葡萄酒的酿制术。还引进了新的乐器和乐曲:琵琶、羌笛、胡笳、觱篥,以及各种胡曲。张骞传入"摩诃兜勒"曲,用作朝廷武乐。中国音乐西化最早。还经过大月氏(在今阿富汗)的媒介传入印度的佛教,后来在中国产生广大的影响。

汉代向西域输出了重要技术。大宛国在被围困中从汉人学到了"掘井法",在地下穿井成渠,使沙漠变为良田。他们还从汉人学得炼钢术。西域各国的贵族子弟前来长安留学,河西走廊成了文化走廊。

汉文化是春秋战国以来多元文化的综合,到汉代成了一条"黄河之水天上来"的壮观洪流,在中国大地散布开来,从黄河流域流向长江流域和珠江流域,并且向国外扩大,南方到越南,东方到朝鲜和日本。

西天取经

佛教从"西天净土"传来,由中国消化和发展成为汉文化的重要成分,这是中国文化史上的一件大事。

从东汉经三国、两晋到南北朝,这四百年是佛教在中国的移植时期;到了隋唐时代,苗壮成长,成为具有中国特色的佛教。只要观察一下观音塑像的演变就可以说明佛教的中国化。从敦煌一路东行直到兰州,观音塑像从八字胡须的男身逐渐变成怀抱胖娃娃的女身,观音和圣母"化合"成为"送子观音",这是中国人按照自己的多子多孙愿望而塑造的"中国观音"。一个观音隐含三种文化:佛教、基督教、儒教。

佛教不是只有几个泥菩萨,它还是一个文化科技体系,包含多方面的知识和技术。汉文化从它取得哲学、文学、艺术的新养料,从它取得建筑术、数学、天文学、医学、语言学、因明(逻辑)学的新养料。唐宋时代的佛教寺庙比帝皇宫殿和贵族邸宅还多。"天下名山僧占多。"中国大地

"西天"化了。

儒学到了唐代，早已把先秦诸子熔于一炉。儒家说，一物不知，儒家之耻。儒学是兼收并蓄的，所以历久不衰，始终是汉文化的主流。但是时代在前进，同印度一比，儒学显得比哲学贫乏、文学单调、科学落后，急需从"西化"中取得营养，恢复活力。东晋的法显、唐代的玄奘，以及其他知识探险者，先后西行，留学天竺，还请来多位"客座"佛学大师。"唐僧取经"成为里巷美谈。中国以强盛的帝国而不耻去西天取经。"江河不择细流，所以成其大。"长安成了世界的文化中心。

不错，佛教也是麻醉人民的鸦片。可是当时的统治阶级自身也需要麻醉，祈求现世享受荣华富贵以后，来世升入"极乐世界"。老百姓自愿信仰佛教，他们现世受尽苦难，幻想救苦救难的观自在给他们来世的自由和平等。烧香念佛是精神镇静剂；朝山进香是健身的旅游。一箪食、一瓢饮、曲肱而枕之，这样的儒家清教徒生活，已经不能给人"乐亦在其中矣"的满足了。向佛教追求丰富的想象和活泼的生活成为不可抗拒的时代思潮。佛教在印度式微以后，中国成了佛教的大本营。

儒学本来不是宗教。"子不语：怪、力、乱、神。"孔子讲

152

天命,只是顺应自然。但是,孔子是"圣之时者也",千年相传,顺时应变,到唐代形成了孔教。各地建造孔庙,拜孔一如拜佛。有人说,佛教是多神教,耶教是一神教,孔教是无神教;宗教和非宗教的区别不在有没有上帝,而在有没有不许怀疑的教条。"儒、释、道"并称"三教"不是毫无道理的。

汉文化远离先秦"百家争鸣、百花齐放"之后,成为内含儒学和佛教两大体系的"双子星座"文化。隋代一度崇佛而抑儒,向西天一边倒。唐代儒佛并举,崇佛同时尊孔,重汉而不排印,使中印文化汇流成为东方的文化洪流。

从东洋学西洋

19世纪以前侵入中国的民族都是文化低于中国的游牧民族。从鸦片战争开始,情况大变。西方殖民主义者在军事技术上和生产技术上都远胜于中国。清朝在兵临城下的危急存亡中,为了自救而被迫学习西洋,开始"西化"。学习西域的西化是偶然的。学习西天的西化是主动的。学习西洋的西化是被迫的!

对帝国主义的侵略,清末的最初反应是鄙洋排外,想以"神拳"打退洋枪。失败以后,改变策略,"师夷技以制夷"。这是晚清式的"西化"。

"师夷技以制夷"首先成功的是日本。日本在成功以后立即变为侵略国,矛头对准中国。中国"制夷"(反侵略),于是不得不以日本为主要对象。说来奇怪,日本同时又成为中国"用夷"(留学)的主要去处:"从东洋学西洋。"西洋太远,到东洋可以就近取来西洋的二手货。中国唐朝时候,日本嫌印度太远,日本的遣唐僧来中国,也是就近从中国间接吸取印度的二手货。"间接学习"在世界历史上常见。

清末的维新运动和辛亥革命都跟日本有密切关系。维新运动是模仿日本的明治维新。同盟会是在日本成立的。日本明治维新的要点是定宪法、开议会,以资本主义制度保障资本主义的经济。这个要点,当时中国难于理会。

留日学生从东洋传来许多西洋的概念和名词。这或许是从东洋学西洋的主要收获。"社会学"这个日本译名代替了"群学";"物理学"这个日本译名代替了"格致学"。《共产党宣言》的最初译本也是从日文间接译来的。回顾历史,日本学中国一千年,青出于蓝;中国学日本一百年,未能登堂入室。

19世纪60年代开始的洋务运动是晚清早期的"西化"实践。指导思想是"中学为体、西学为用"。封建官吏办工业无不以亏本倒闭而告终。历史经验告诉我们,"封建为体、科技为用",违反了生产关系必须适合生产力性质的规律。"五四"运动有鉴于此,提出新的西化丹方,邀请"德先生"和"赛先生"两位客座教授携手同来。可是,"赛先生"受欢迎而水土不服,"德先生"被摒于门外,没有拿到签证,因为中国贵族害怕他干涉内政。

日本的"西化"是分两步走的。第一步是明治维新,君主立宪。第二步是战败投降,虚君民主。人们说,"二战"前的日本是半封建、半资本;"二战"打掉了半封建,日本全盘西化了。现在的日本是"西方"七个发达国家之一,"西方七国会议"常在东京举行。"东洋"变为"西方",东方和西方的分界线从太平洋的中线移到黄海和日本海之间的中线了。

"西化"众生相

文化像水,是流体,不是固体,它永远从高处流向低处;如果筑坝拦截,堤坝一坍,就会溃决。文化有生命,需要不断吸收营养，否则要老化，以至死亡。文化有磁性，对外来文化，既有迎接力，又有抗拒力。文化像人，有健全，有病态，还有畸形。

文化交流有各种形式。太平洋中一些岛屿国家抛弃了他们的本土语言和本土文化，全盘西化，这是文化的替换。生物学家到礼拜堂去做祷告，既信进化论，又信上帝创造论，这是文化的重叠。佛教和西藏固有宗教结合成为藏传佛教，这是文化的嫁接。日本明治维新是封建和资本的半化合。某些外来民族统治中国几百年后，失去语言，同化于汉族，这是全化合。

文化有图腾和禁忌现象。用头饰和帽形代表宗教是文化图腾。为维护唯物主义而不敢演鬼戏是文化禁忌。反对信佛而香火大甚。禁听邓丽君而邓丽君之风流行。禁止发行的小说一抢而空。传得最广的消息是禁止传播的小道消息。塞之而流，禁之而行，这也是文化运动的一种规律。

西化是五光十色的。建造洋式塔楼而没有13层和13号，把希特勒曾经破除的迷信也"化"来了，这是囫囵吞枣的西化。友谊商店而不友谊，是名不副实的西化。洋大人处处受到特别优待，不少去处挂牌"犬与华人止步"，这是堂·吉诃德式的西化。在"五七干校"的高粱地里,侈谈"身居茅屋、胸怀世界"的国际主义,这是阿Q式的西化。还有瞎子摸象式、皇帝新衣式、州官点灯式、移花接木式等,格式繁多,恕不细谈。

站在着衣镜前看看我自己的服饰:头戴鸭舌头帽子,这是西洋工人的便帽,瓜皮小帽久已不戴了;剪短的头发是从东洋间接学来的西洋发式,既不同于明朝的发结,也不同于清朝的辫子;人民装是西洋制服的翻版,跟中式长袍马褂大不相同;西装裤不同于宽腰布带的中式裤子;袜子是洋袜,鞋子是西式皮鞋。中华人民共和国成立后这种普通城市男性老百姓的服饰,还有哪一样是周公孔子传下来的? 我自己也大吃一惊! 从头到脚"西化"了!

从农业化到工业化到信息化是历史的三部曲。我们正在同时学习第二和第三乐章。国外学者说,中国的社会结构已经达到日本明治维新时代的水平。中国的道路任重而道远。

1987年

科学的一元性

——纪念"五四"运动七十周年

　　1919年5月4日,北京学生掀起"五四"运动,高举反对帝国主义和封建主义的革命旗帜,震动了全中国和全世界。当时世界舆论说:"睡狮醒了!"

德先生和赛先生

　　"五四"运动不断深化,提出了邀请"德先生"和"赛先生"两位客座教授前来中国的建议。这个建议是"五四"运动的精髓。遗憾的是,"德先生"没有拿到"签证",无法成行。"赛先生"一个人来了。他们二人原来是一对老搭档,长于合作演唱"二人转"。现在"赛先生"一个人前来,只能"一人转"了。一个人前来也好,比一个都不来好。可是,发生一个问题:怎样"接待""赛先生"呢? 接待问题是关键问题,关系到国家的发展前途。

"赛先生"出行不利,一到中国就遇到他没有"思想准备"的情况:要求他脱下西装、穿上长袍,熟读"四书",服从"中学为体、西学为用"的大原则,也就是封建为体、技术为用,要他遵命办理他没有办理过的"朝廷企业"和"官僚工厂"。"赛先生"感到"水土不服",头昏脑涨,得了"眩晕症",久久不愈,时时发作。

"赛先生"到前苏联,受到"苏维埃式"的接待。先改造"赛先生"的思想,然后叫他创造无产阶级的"真科学",废除资产阶级的"伪科学"。最有名的创造是:马克思主义的"米丘林生物学"和马克思主义的"马尔语言学"。前者是自然科学,后者是社会科学,二者同样披上了"阶级性"的红色外衣,来到中国。

20世纪50年代,中国向前苏联"一边倒",建立了许许多多"米丘林小组",听说有5万个。赫鲁晓夫一上台,一夜之间,全部烟消云散了。据说,"真科学"生产不出优良的玉米种子,每年要向"伪科学"购买大量的改良种子。这是怎么一回事?我查看前苏联的《哲学辞典》,其中有洋洋洒洒的大文章"米丘林生物学",说得头头是道。我又查看美国的《大英百科全书》。大失所望!其中没有"米丘林"的条

159

了解过去，开创未来，
历史进退，匹夫有责。

周有光
2010-04-25

时年105岁

周有光 105 岁题词。

文。只在"遗传学"条文中间找到一句话:"所谓米丘林遗传学是没有科学根据的。"我如堕五里雾中!后来,我明白了:米丘林生物学是"哲学"!

新出版的《简明不列颠百科全书》(1986年)有"米丘林"的条文,上面说:"他的杂交理论经李森科发挥后,被前苏联政府采纳为官方的遗传科学,尽管几乎全世界的科学家都拒绝接受这种理论。"原来,米丘林是一位朴素的园丁,他的"生物哲学"是李森科编造出来的。赫鲁晓夫时期,前苏联放弃了"生物哲学",引进了"生物科学",否定了生物学的阶级性,使它恢复"一元性"。从此,不是各个阶级有各自的"阶级生物学",而是各个阶级都可以利用同一种 "人类生物学"。前苏联和中国的生物学以及全部自然科学,都脱下了"阶级性"的外衣。

任何科学, 都是全人类长时间共同积累起来的智慧结晶。颠扑不破的保存下来,是非难定的暂时存疑,不符实际的一概剔除。公开论证,公开实验,公开查核。知识在世界范围交流,不再有"一国的科学""一族的科学""一个集团的科学"。学派可以不同,科学总归是共同的、统一的、一元的。

161

神学、玄学和科学

人类的认识发展大致可以分为三个阶段:(1)神学阶段;
(2)玄学阶段;(3)科学阶段。"神学"的特点是依靠"天命",
上帝的意志是不许"盘问"的。"玄学"的特点是重视"推
理",推理以预定的"教条"为出发点。"科学"的特点是重
视"实证",实证设有先决条件,可以反复"检验",不设置
"禁区"。"实践是检验真理的唯一标准",认识这一条原理,
足以防止"从科学回到空想"的倒退。"唯一标准"就是"一
元性"。科学的"真伪"分别,要用"实践""实验""实证"来测
定,不服从"强权即公理"的指令。

以医学为例。医学的发展,经过了三个阶段:(1)神学
医;(2)玄学医;(3)科学医。"医学"古代称为"巫医"。"巫
医"的治疗方法主要有:驱鬼、招魂、咒语、符箓、魔舞等。
所有的民族在历史早期都有过大同小异的"巫医",这是
"神学医"。从"神学医"发展为"玄学医"。"神农尝百草而兴
医学。"阴阳、五行(金木水火土),"医者意也",这是中国的
玄学医。希腊有"四体情说"(血痰怒忧):"体情调和,身体
健康",这是希腊的玄学医。毛泽东比斯大林聪明,他提倡

162

"中医"而没有给"西医"戴上"伪科学"的帽子。各民族原来都有各自的传统医学。印医、藏医、蒙医、中医,都是东方的有名传统医学。它们对人类的"科学医"都有过贡献。世界各地传统医学中的"有效成分"汇流成为人类的"科学医"以后,代替了各民族的"民族医学"。今天"中医"和"西医"并立,将来总有一天要合流。科学不分"中西",科学是世界性的、一元性的。

天文学更明显地经过了三个发展阶段:(1)天文神学;(2)天文玄学;(3)天文科学。古代的巴比伦、埃及、希腊、中国等,都有"占星术"。占星术把人类的"吉凶祸福"跟天文现象联系起来,利用日食、月食、新星、彗星、流星的出现,以及日、月、五星(水金火木土)的位置变化,占卜人事的吉凶和成败。这是"天文神学"。中国有"盖天说""浑天说"等宇宙观:"天似盖笠,地法覆盘,天地各中高外下";"天体圆如弹丸,地如鸡子中黄,孤居于天内。"这是中国的"天文玄学"。哥白尼的"日心说",使天文学开始进入科学的大门。恩格斯把他的《天地运行论》比作"自然科学的独立宣言"。观测手段日益进步,创造出望远镜、分光仪、射电技术、人造卫星,人类登上月球,发射宇宙飞船到各大行星做近距离观察,使天文学获得了前所未有的进展。

自然科学是如此,社会科学呢?

"马尔语言学"跟"米丘林生物学"有异曲同工之妙。"什么阶级说什么话",这不是天经地义的吗?"米丘林生物学"是斯大林死后由赫鲁晓夫拨乱反正的。"马尔语言学"是斯大林生前亲自拨乱反正的。在接到许多"告状信"以后,斯大林不得不出来说话了:"语言没有阶级性",由此引申出"语言学也没有阶级性"。"语言没有阶级性"是斯大林的伟大发明。语言学界额手称庆!

可是,语言学是一门社会科学。社会科学也没有阶级性吗?社会科学不是"阶级斗争的科学"吗?语言学"没有阶级性",这是社会科学的一个"例外"呢,还是社会科学的一个"先例"呢?是"下不为例"呢,还是"以此为例"呢?这严重地困扰了前苏联和中国的思想界。

三马大战

20世纪50年代初期,北京大学举行轰轰烈烈的"人口问题万人大辩论"。压倒的多数战胜了唯一的反对票。人们说,这是"三马大战",因为"马克思""马尔萨斯"和"马寅初",都姓马。"文化大革命"以后,人们惊呼:"错批一人,误

164

增三亿！"这是"接待"赛先生的方法错误而受到的重大历史惩罚！"社会主义社会没有人口过剩"的名言没有人再谈了。"计划生育"成了中国的重要政策。回忆1947年联合国首届人口会议上，前苏联反对"节制生育"，发展中国家反对"家庭计划"；1962年以后某些亚非国家改变态度，开始节制生育；1979年以后中国实行"计划生育"。这些历史事实，说明人们对社会科学的认识是变化的。这一变化，猛烈地冲击了"社会科学有阶级性"的坚固堤防。

中华人民共和国成立初期，我在上海复旦大学和财经学院教书。看到从前苏联课本译编而成的"经济统计学"讲义。开宗明义说："经济统计学是有阶级性的。"有人在报纸上发表论文，引用前苏联专家的话说："抽样调查"是资产阶级压迫工人的手段；无产阶级觉悟高，产品用不到抽样调查。这时候，学校图书馆收到一册新的《苏联大百科全书》，其中有"抽样调查"一条，内容竟然跟教科书上的说法大不相同，它肯定了抽样调查的"科学性"和"必要性"。我叫我的研究生赶快翻译成中文，印发给同事们和外地财经学院参考，引起当时经济学界的兴趣。当时只敢默默思考：是不是"科学没有阶级性"要伸展到社会科学的敏感部门"经济统计学"来了？

阶级性最强的是"社会学"。"历史唯物主义"否定了社会学的存在。前苏联长期不知道有这样一门学问。可是，赫鲁晓夫时期，前苏联恢复了社会学，虽然"苏联社会学"依然是有阶级性的。中国更加长期不知道有这样一门学问。旧的社会学者们被看作是当然的"右派"，大都流放到边地去了。直到"文化大革命"以后，中国才重建社会学，比前苏联晚二十多年。不知道今天的"中国社会学"保留了多少阶级性和怎样的阶级性。

社会科学是不是科学？社会科学是不是"一元性"的？社会科学的历史发展是否也经过了神学、玄学和科学三个阶段？

北京天坛公园内有"祈年殿"，祈求上苍恩降丰年，这是不是"经济神学"？"不患寡而患不均"，不求增加生产，但求分配平均，这是不是"经济玄学"？经济学教科书说："按比例发展"是社会主义特有的经济规律。某些社会主义国家，由于预算门类之间和经济部类之间的比例失调，造成民生经济的长期落后。某些资本主义国家，预算经国会争议而实现了比例调整、经济受供求和竞争的制约而达成合适的比例，由此民生经济迅速发展。这是否可以说"按比例发展"的规律也适用于资本主义？20世纪50年代的"公营化高潮"也波及某些资本主义国家；20世纪70年代的"私营化高潮"还在波及某些社会主义国家。公营跟大锅饭、低效率、长期亏损共生，这也有阶级性吗？

这些问题，今天仍旧是人们不敢深入思考的敏感禁区。可是这些问题非常重要，它跟"改革"能否成功有密切关系，不可能永远回避。"地心说"和"日心说"在古代曾经是最敏感的禁区。谁接触它，谁就要被烧死。古代的科学勇士居然把这个禁区打开了。今天有现代的科学勇士吗？

"开放"以来，也开放了一些禁区。例如，长期不许说"宏观"和"微观"，认为这是资产阶级的"庸俗观点"。现在大谈"宏观"和"微观"了。长期必须承认"社会主义社会没有通货膨胀"。今天大谈"通货膨胀"了。禁区开放能否再扩大一点，或者干脆来个彻底的学术自由？

社会科学问题如果没有科学地解决，新技术引进来很可能是发挥不出应有的效果的。"改革"就是打破"框框"。要使改革成功，还要打破更多的"框框"，从自己建筑起来的"圈套"中走出来。重新考虑如何"接待""德先生"和"赛先生"，这是对"五四"运动最好的纪念。

1989年3月

中国有三宝

长城、兵马俑和汉字

　　20世纪80年代中国大陆开放旅游。外来旅游者抱着到"外空"去旅游的好奇心，来到中国大陆看看这地球上的"外空"。有几位外国科学家结伴而来，邀请我的朋友一位北京的科学家做伴。外国科学家说：中国有"三宝"：长城、兵马俑和汉字。"长城"是伟大建设能力的象征。"兵马俑"是伟大组织能力的象征。"汉字"是伟大文化传统的象征。伟大的中国是"长城、兵马俑和汉字之国"。

　　事后，我的朋友对我说：外国人来看中国，不是来看我们的"现代化"，而是来看我们的"古代化"。他们的"歌颂"，从"现代化"来看，要另做头脑清醒的理解。我的朋友指出：

"长城"(外国人叫它"大墙")是"封闭"的象征。"长城之国"就是"封闭之国"。古代的中国,不但在北边有人造的砖石长城,在西边还有天然的高山长城,在东边还有天然的海岸长城,在南边还有天然的丛林长城。不但整个中国围在"大墙"之中,每一座房屋、每一个衙门、每一所学校,没有不是四面被高高的围墙围住的。有形的围墙以外,更多无形的围墙。

"兵马俑"是秦始皇专制暴政的形象化展览。中国的历史学家向来都把"秦始皇"作为"暴君"的代名词。"兵马俑"是"穷兵黩武、鱼肉人民"的见证。从艺术看,这是珍品。从历史看,这是人民的灾难。

在"三宝"之中,"汉字"是唯一有积极意义的一宝。但是,汉字是古代文明的结晶,不是现代文明的利器。

我的朋友说:文明古国的"现代化"是一场脱胎换骨的革命。"封闭"要改为"开放",开放要开放竞争和开放思想。"专制"要改为"民主",民主要废除特权和废除垄断。"教育"要摆脱"教条",既要摆脱古代教条,又要摆脱现代教条。这等于说,要拆除长城,打破兵马俑,否定汉字的神秘性。

听了他这一番话,我"闭目深思"者久之!

长城是封闭的象征

事物都有明暗两面。"三宝"的光明面,大家知道;"三宝"的阴暗面,有待认清。

从地缘政治来看,中国是一个天然的"封闭系统"。古代没有轮船和飞机,"天马"是和平时期的汽车,战争时期的坦克。东面的海洋、西面的高山、南面的丛林,都是难以逾越的天堑。可是北面的沙漠不难骑马越过。"北筑长城",弥补了沙漠的封闭功能之不足,使中国"固若金汤"。灿烂的"华夏文化",在这个封闭的暖房里安全地培育成长,蔚为大观。这要感谢以"长城"为象征的"封闭系统"。

"封闭"产生"安全","安全"产生"懈怠"。当塞北民族秣马厉兵的时候,关内皇朝一派歌舞升平。塞北民族一次又一次越过长城,破关而入。北京在一千年间是"辽、金、元、明、清"五个朝代的首都,其中四个朝代属于塞北入侵的民族。"长城"不能抵御关外的入侵,却能解除关内的戒备,北京是一再的历史见证。

"封闭"产生"自满","自满"产生"落后"。我们以"四大发明"而自豪,想不到"四大发明"的真正受惠者是西方帝国主义。"指南针"改进了轮船的航海术,"火药"提高了大炮的杀伤力,轮船和大炮使中国的"海岸长城"变成敞开的大门。当"乾嘉盛世"陶醉于"万物皆备于我"的时候,西方积极地进行工业革命,使中国从此由先进变为落后。

这个封闭系统远离西欧,被称为"远东"。英法先侵吞非洲、中东和南亚,然后进一步向东侵吞中国。他们一路上消化大片大片的殖民地,这需要很多时间。到达"远东",还没有来得及吞下整个中国,而帝国主义时代已经快要到尾声了。远东和西方之间的遥远距离,给中国换来了时间,幸免于像印度那样成为"全殖民地",而成了一个"半殖民地"。

西方历史学家说,古代有七个"文化摇篮",六个(苏美尔、埃及、米诺斯、赫梯、米那、印度河)都在从地中海到印度河的"西方",只有一个(华夏)在黄河流域的遥远"东方"。西方六个文化摇篮,彼此距离较近,不难相互影响;它们地小人少,容易被历史浪潮冲掉,一个个都消亡了。唯有"华夏文化"是独自孤立发展起来的,虽然也受到印度文化的影响,只发生了补充作用,没有动摇华夏的根本。地处遥远而封闭的东方,又是地广人众,难于被人一口鲸吞,居然"巍然独存"。可是交流不多、竞争很少,两千年来蹒跚前进，发展迟缓。还没有赶上工业化，又到了"科技冷战"代替"军事冷战"的历史新时期。在这个新时期中，我们将怎样对待自己的"封闭惯性"呢？

秦始皇模式

"兵马俑"的发现，是考古史上的惊人大事，它使华夏文化"扬威"于原子弹的世界。提倡"星球大战"的美国总统里根，来到雄赳赳、气昂昂的"兵马俑"前面，竟显得十分渺小，好像是被解除了武装的"冷战失败者"！

秦始皇吞并六国，不仅建立了一个大一统的皇朝，还树立了一个"千古师表"的独裁制度："秦始皇模式"。"兵马俑"形象地、无误地告诉大家："秦始皇模式"是"军国主义"。一个皇帝，百万军人，千万奴隶，这就是"秦始皇模式"。兵马俑"活着"的时候，在并吞六国的不断战争中，杀人之多、残暴之甚，罄竹难书。仅仅在"攻赵"的一次战役中就"斩首十万"。"西涉流沙、南尽北户、东有东海、北过大夏"，所到之处血流成河！

秦始皇首创最严密的"保密制度"，把自己跟臣民众庶彻底隔开。宫中的信息漏到外面，查不出泄密的人，就把左右全部杀掉。宁可错杀一千,不使漏网一个。鱼肉人民的帝王必然害怕人民,死了也离不开"兵马俑"的庞大保安队。

"兵马俑"告诉我们,秦始皇"马上得天下,马上治天下"。知识分子对他无用。"焚书坑儒",是后世"文字狱、语言狱"的先河。"以吏为师",废除了孔孟传下的教育制度。官吏成为传达皇帝命令和灌输御用教条的传声筒,任务就是实行"愚民政策"。

从秦陵一角看到的宏伟,可以想见"阿房宫"的百倍豪华。这"宏伟"和"豪华",全是奴隶的血肉堆成。

从七雄混战到四海统一,中国历史在动乱的阵痛中前进。废分封、设郡县,车同轨、书同文,是帝国统治的需要。老百姓受不了的是:年年徭役、岁岁抓丁,"繁刑严诛,吏治刻深,赏罚不当,赋敛无度"。人人"不敢言而敢怒"。终于,民不聊生,揭竿而起,胡亥三年而死,子婴四十六日而亡。"朕为始皇帝,后世以数计,二世三世至于万世,传之无穷",成为历史笑话。深睡在地宫里的秦始皇,可能还在做梦,以为他的子孙正在"传之无穷"呢!

唐章碣"焚书坑"诗云:"竹帛烟销帝业虚,关河空锁祖龙居;坑灰未冷山东乱,刘项原来不读书。"

173

我的朋友建议,给每一位"兵马俑"的参观者赠送一份《秦始皇本纪》和《阿房宫赋》。

想做文化英雄吗?

这几位外国科学家走在北京的街道上,看到一路都是天书似的汉字招牌,觉得进入了一个神话世界,其味无穷!他们都不识汉字,从在北京留学的外国学生那里听到,汉字数以万计,是世界上最难的文字,可是谁能攻破这一关,谁就是"文化英雄"。我的朋友开玩笑地问他们:"想做文化英雄吗?"他们大笑说:"不敢做此妄想!"

1990年2月12日

东洋变西方

世界最发达的七个国家,每年举行"西方七国首脑会议"。七国是:美加英法德意日。"西方七国"中有日本,而且有时在"东京"开会。日本是"东洋",怎么变成"西方"了?

我想找一位了解这个问题的人问问,一直没有机会。

不久前,来了一位日本朋友。在家常便饭外加一杯薄酒以后,他的"话匣子"打开了。

新发现的历史道路

"'东洋'怎么变成了'西方'?"我问。

"这要感谢日本打了败仗!"他哈哈大笑。

"败仗,打掉了军阀,打掉了财阀,打掉了出身和身份,逼迫人民做知识和技能的竞争。这样,东洋就变成了西方。

175

"打掉军阀,不仅打掉了一个专横跋扈、危害人民的集团,还省出了占预算最大部分的军费,转作工商业的资本。打掉财阀,不仅打掉了最大的剥削人民的集团,还开放了工业和商业的真正自由竞争。

"更重要的是,打掉了出身和身份。找工作,没有人再问你是否贵族出身,有没有某种特权身份,只问你的知识和能力。从政治到工商业,庸碌之辈让位于贤能之士。一个完全不同于过去日本封建贵族的新的领导阶层形成了。这样就开辟了历史的新的一章:军事战败国成为经济战胜国。日本如此,德国也如此。这是一条战后新发现的历史道路。"

竞争是动力

"日本不是还有天皇吗?"我表示对他的谈话将信将疑。

"那跟英国的女王一样,装饰品。"他摇摇头说。

这时候,我想起,20世纪50年代,北京举行日本工业展览会。我拿到一份说明书,其中有一篇文章说:日本工业的发展,经过了几个竞争阶段:在国内同国内的产品竞争，在国内同进口的产品竞争，在国外同国外的产品竞争，在国外同国外的技术竞争。竞争是日本发展经济的原动力。

"战前不是也有竞争吗？"我问。

"大不相同，"他说，"战前，日本是一个半封建、半资本的军国主义国家。凡是不利于贵族、军阀和财阀的竞争，都是事实上不容许存在的。现在，日本成了真正的资本主义民主国家，有无限制的竞争自由。这就是东洋和西方的分别。"

送客以后，我细细思考他所谈的话，哪些是"香花"，哪些是"毒草"。

"极东"最接近"西方"

几天之后，我在图书馆里看国外旧报，偶然看到议论"东洋和西方"的文章。文章说：日本战败后，在军事上成为美国的保护国，站在大西洋公约一边。这是它成为西方的政治条件。日本完全按照资本主义经济原则处理经济，在水平上达到最发达国家的高度。这是它成为西方的经济条件。"东洋"成为"西方"，不是玩弄字眼，而是说明事实。

原来，地球是圆的。东洋是东方的东方，是"极东"。"极东"最接近"西方"，只要把东西方的分界线向西移一步，日本就成为"西方"了。东西方的分界线已经从太平洋的中部，移到日本海和黄海的中部了。

我想起，"二战"后看到关于日本投降以后的新闻。日本吐出了40%的土地，包括朝鲜和中国台湾。遣返了相当于全国人口四分之一的国外侨民，包括侵略军。美国限制日本的进口税，不许采取保护关税。人民大批大批失业。一时间整个国家笼罩在失望和阴霾之中，看不到前途有一丝光明。失业大军天天上街游行，高呼共产主义口号。新闻记者说：他们面有菜色，心无主张。

后来，朝鲜战争开始，日本成了美国的军需供应国，失业问题意外地迅速解决了。日本经济的起飞，朝鲜战争是一个重要原因。美国打仗，日本赚钱，机会太好了。

教育是基础

日本的经济起飞还有更深远的原因。明治维新（1868年）以来，日本革新教育，以持久不变的政策，一贯重视教育。他们认为，教育是获得合格兵源的必要条件，因此军

178

阀都对教育十分重视。甲午战争(1894年),日本战胜。日本政府认为,小学教师立了大功,他们给军队输送了有基础知识而又勇于牺牲的大量士兵。今天,知识型士兵,变成知识型工人。这一传统,成为日本工业能有优良劳动大军的有利条件。

日本朝野花在教育上的经费,按人均计算,据说超过了美国。日本义务教育只有九年,到初中(中等学校)就结束了。在此期间,一切学习费用都由国家负担。初中毕业后,有97%的青年自动自费升学进入高中(高等学校)。升学率之高,学习之认真,可说是世界第一。唯一的不良副作用是小青年各个都戴上了眼镜。

战后,美国管制日本,强迫实行"教育平民化"。公文改革:从日本式的文言,改为口语式的白话。文字改革:简化汉字,规定常用汉字1945个,法律和公文用字以此为限,此外用假名字母。理由是:法律和公文应当使人民大众看得懂。

知识是资源

人民大众的知识化是发展科技的基础。发展科技是发展现代化工业的基础。日本不惜巨资,从美国和其他国家购买尖端技术。引进之后,全力以赴,加以研究和改进,很快变成日本的新技术出口了。日本的知识分子,在得到比战前更高的社会地位之后,付出了惊人的劳动,得到了惊人的收获。他们是日本知识产品蓬勃发展的知识资源。

日本物质资源十分贫乏。可是,知识资源得到不断的开发、扩充和提高。知识资源是用之不尽的资源,只要用法合适,它就会发挥巨大能量。日本原先用于军事侵略的大量精力,现在用来从事经济和技术竞争。这就是军事战败国变成经济战胜国的秘密。

现在,日本货已经不是战前的被称为"劣货"的"东洋货"了,而是资本主义世界各国的百货公司都满满地陈列着的价廉物美的"Made in Japan"了。"东洋"就这样变成了"西方"。

1992年2月29日　时年87岁

传统文化和现代社会

什么是文化和传统文化?

文化是人类创造的物质和精神的财富。传统文化是民族、国家或地区的文化遗产。每一个民族都有长期积累起来的传统文化。由于社会的发展水平不同,传统文化有先进和落后的区别。又由于具体条件不同,各民族的传统文化有各自的特色。

传统文化很少是单纯的。不同的文化混合成一种传统文化,是传统文化的经常现象。传统文化不可能一成不变。一个民族在不同的时代有不同的传统文化,这也是经常现象。奴隶时代产生奴隶文化,封建时代产生封建文化,历史的局限性是不可避免的。

181

1992 年，周有光站在鲜花旁。

大家知道,英国的传统文化,在古代是盎格鲁和撒克逊两种早期文化的混合;后来引进欧洲大陆文化,那是罗马加上希腊,再加上东方(西亚)的基督教,从而形成一种东西合璧的混合文化;最后英国人自己加上民主制度和工业化。美国的传统文化是以英国文化为基础,多方吸收,积极更新,使工业化向新技术和信息化方向发展。

非洲殖民地一个个独立之后,非洲的众多土著文化也曝光了,其中不少比所谓的中世纪文化还原始,无以名之,名之曰部族文化。今天世界上各种不同的传统文化同时并存:部族文化、神学文化、玄学文化、科学文化,真是五光十色。

什么是中国传统文化?

中国传统文化是以儒学为中心,吸收诸子百家以及印度和其他外来文化,从而形成的综合文化。中国传统文化主要有以下的特点:

一、世俗性强、宗教性弱。"子不语怪力乱神。""敬鬼神而远之。""未能事人、焉能事鬼。""未知生、焉知死。"这里隐含着无神论思想。两千五百年前就能对鬼神迷信做出如此开明的表态,在人类思想史上是了不起的先知先觉。中国宪法写进信教自由,一点也没有遇到困难,这在宗教专制的国家里是难于想象的。中国虽然也引进并发展宗教,但是宗教的信念在中国人的意识里比较淡薄。跟印度比一比,他们的宗教矛盾闹得多么严重;再跟那些政教合一的国家比一比,他们的宗教负担是多么沉重;这就可以明白"世俗性强"这个传统有多么重大的意义。

二、兼容性强、排他性弱。春秋战国,百家争鸣,这是学术兼容的伟大开端。汉武帝罢黜百家、独尊儒学。但是,这时候的儒家大都熟读百家著作,形成融化百家而以儒学为中心的综合哲学。后来佛教传入中国,儒家在一度尝试抵制而失败之后,转过身来吸收印度的有用知识和先进技术,弥补儒学陈陈相因的缺点。于是,佛教中国化,变成中国佛教;而儒学宗教化,变成儒教。儒释道三圣和平共处,竟然供奉于同一个庙宇之中,这在其他国家是不可思议的。

三、保守性强、进取性弱。"知足常乐。""但求无过,不求有功。""苟全性命于乱世,不求闻达于诸侯。""天下万物皆备于我。""百忍堂。"这些是保守性的传统。"苟日新,日

184

日新,又日新。""满招损,谦受益。""孔子,圣之时者也。"这些是进取性的传统。可叹的是,保守性远远大于进取性。华夏文化两千年来一直是东方的高峰,产生夜郎自大情绪是可以理解的。由此,日本在明治维新(1868年)之后一步步成功,中国在戊戌政变(1898年)之后一步步失败。一百年来,中国失去了一次又一次的历史机会,终于坠入第三世界。

什么是现代社会?

"现代社会"是一个动的概念,不是一个静的概念,是一个相对概念,不是一个绝对概念。历史在延长,现代在推移。今天的现代就是明天的古代。因此,现代社会必须有两个特性:国际性和进步性。

国际性:现代社会是国际大家庭的成员,不是独立于国际之外的世外桃源。为了实现国际性,须要开通跟世界各国往来的渠道,包括物质的和精神的渠道,也就是所谓跟国际接轨,不设置人为的关卡。

进步性:现代社会是在政治、经济、文化等各个方面基本上都能达到国际先进水平的社会,而且不断前进,避免落后。为了不断前进,现代社会没有固定的模式,没有永恒的教条,在优胜劣汰中奋斗,在精益求精中发展。现代社会是永远走向未来的社会。

文化包含三个主要方面:哲学、科学和艺术。古代文化以哲学为主导。现代文化以科学为主导。古代只有民族文化和地区文化。现代形成了国际文化,也就是国际性的现代文化。这是以科技为核心,兼收并蓄各种民族文化的精华,由世界各国的精英共同创造的新文化。现代社会是积极参与国际现代文化的社会。

我国今天实行"改革开放"。"开放"是实现国际性的前提,"改革"是实现进步性的条件。积极"改革开放",中国就能逐步成为具有国际性和进步性的现代社会。

怎样利用传统文化促进社会的现代化?

建设现代社会,可以抛开传统,又可以利用传统。传统薄弱的国家不妨走前一条路;传统丰厚的国家最好走后一条路。利用传统的好处是,行远自迩、驾轻就熟,符合习惯、事半功倍。

"传统"属于"古代"。"传统"两字跟"现代"两字不是矛盾的吗？是矛盾的,但是又可以统一。没有古代,就没有现代,现代是从古代来的。古代文化不一定到了现代就完全没有用处。在古代文化中,有的具体做法已经失效,但是基本原理仍旧有用。有的基本原理已经失效,但是失效的原理可以给人启发,从而引出新的原理。有时,古人只有设想、无法实现,今人利用新的科学和技术能够实现古人的设想。没有永恒的真理,可是有跨越历史阶段的长期真理。取其精华,去其糟粕;存其原理,改其具体;古的设想,今的创造;学习原始,引出现代。这些就是利用传统文化、创造现代社会的方针。当然,建设现代社会主要依靠现代的科学和技术,不是古代的玄学。

孔子的学问是从哪里来的？孔子说:"我非生而知之者,好古敏以求之者也。"孔子"述而不作","删史书,定礼乐"。这是把前人长期积累起来的知识,加工提炼,推陈出新,从传统文化中发展出当时的现代文化。孔子是善于利用传统文化、促进社会现代化的楷模。

可是,利用传统文化,必须警惕食古不化、以古害今。一提到传统文化就情不自禁地一个跟斗坠入国粹主义的泥坑里,那是危险的文化倒退。"五四"白话文运动之后,不久就掀起一股文言读经逆流。诸如此类的历史教训不可忘记。虽然历史的总方向是前进,可是忽热忽冷、忽进忽退,使中国社会长期停滞不前。前事不忘,后事之师。慎思明辨,事必有成。

1994年11月15日

双文化时代

文化的地域

传播文化像水,不断从高处流向低处。在古代,游牧民族往往征服农耕民族,但是农耕民族的先进文化开化了游牧民族。文化跟着国家而扩大,但是文化不受国界的限制,能够传播到国界以外的遥远地方。朝代更替,文化并不跟着更替,文化的生命比朝代更长。流动和融合使文化的分布范围不断扩大,部落文化扩大为民族文化,民族文化扩大为区域文化,最后形成世界性的现代文化。

公元前一千年之前,地球上有多个文化摇篮:尼罗河的埃及圣书字文化,两河流域的苏美尔钉头字文化,克里特岛的米诺斯文化,小亚细亚的赫梯文化,阿拉伯半岛的米那文化,印度河流域的早期文化,黄河流域的中国汉字文化。多数传统文化分布在从地中海东部到波斯湾以东,汉字文化处在遥远的东亚。(根据《哈蒙德历史地图集》)

钉头字文化和圣书字文化延续三千年,直到公元开始前后才衰竭。公元前671年继承钉头字文化的亚述帝国,横跨地中海和波斯湾,包括埃及和塞浦路斯岛,统治着当时整个文明世界,形成"西亚文化区"。这里后来建立波斯帝国、亚历山大帝国,以及更晚的阿拉伯帝国。

地中海东岸的腓尼基是古代钉头字和圣书字两大文化之间的走廊。这里的人民善于经商,为了记账的需要,利用古典文字中的表音符号,经过简化和改进,创造出字母。字母文化的悄然兴起,使钉头字和圣书字黯然失色。字母向东传播,代替了钉头字;向西传播,代替了圣书字。

希腊从腓尼基学来字母,改进为更加方便的音素字母。传到罗马,成为罗马帝国的精神武器:罗马字母。公元前117年的罗马帝国,统辖整个地中海四周的土地,在"西亚文化区"之西建立"西欧文化区"。

印度河之东是印度次大陆。这里是亚历山大的军队不敢前进的大地边缘。它继承西亚字母的东部一支,演变出印度字母系统,延伸到南亚和东南亚,形成"南亚文化区"。

中国的甲骨文比钉头字和圣书字晚两千年，跟腓尼基的"比拨罗"字母时代相同。汉字文化向南传到越南，向东传到朝鲜和日本，形成"东亚文化区"。

到现代，欧亚大陆四个文化区（西欧、西亚、南亚、东亚）都发生了巨大变化。变化最大的是西欧文化，它扩大到美洲，成为"西方文化"。相对于"西方文化"，西亚、南亚和东亚的文化统称为"东方文化"。"西方文化"传播到整个世界，成为国际现代文化的主流。

文化的历史发展

文化不仅有地域的传播，更重要的是有历史的发展。从古到今，任何文化都是逐步发展和演进的，不是一成不变的。文化的发展可以分为三个阶段：神学文化、玄学文化和科学文化。神学文化的特点是冥想，玄学文化的特点是推理，科学文化的特点是实证。

文化有精神的一面和物质的一面。从神学到玄学到科学，精神的重要性相对减少，物质的重要性相对增加。文化以精神安慰为目标发展为以物质享受为目标；文化以"文史哲"为支柱发展为以"科学和技术"为支柱。精神和物质彼此依存、互为表里。没有物质背景的精神文化是不存在的,没有精神背景的物质文化也是不存在的。

人类走出了原始生活之后就开始思考两大问题:一是人与人的关系,另一是人与自然的关系。人与人的关系的探索发展为道德和法律;人与自然的关系的探索发展为科学和技术。

西方文化的历史发展最为典型。它从"中世纪"逐步走向"现代",经历了文艺复兴、宗教革命、产业革命、民主革命;政教合一改为政教分离,强迫信教改为自由信教,君主专制改为全民选举,贵族教育改为平民教育;创造铁路、汽车、轮船、飞机,发展能源,改进通信;自然哲学和社会哲学发展为自然科学和社会科学。一系列的发明和创造,改变了人类的生活。

四种传统文化融合成为人类共创、共有、共享的国际现代文化。国际现代文化不是封闭的,而是开放的,任何个人或国家都可以参加进去,发挥自己的才能,从国际文化的客人变为国际文化的主人。

今天世界上并存着各种发展水平迥然不同的文化,它们之间既有矛盾,又有合作,将在"矛盾和统一"的辩证规律中波动前进。

双文化时代

每一个民族都有自己的传统文化，每一个民族都热爱甚至崇拜自己的传统文化。但是，在现代，任何民族都无法离开覆盖全世界的现代文化。环顾世界，到处都是内外并存、新旧并用，实行双文化生活。双文化的结合方式有：并立、互补和融合。不同的社会选择了不同的结合方式。今天的个人和国家已经不自觉地普遍进入了双文化时代。

个人的双文化生活在任何城市中都能看到。食，中菜和西菜；衣，中服和西装；住，四合院和公寓楼；行，汽车和三轮车；卫，中医和西医；教，学校和家庭教育；娱，图画、音乐、舞蹈、小说、戏剧，中西合璧、彼此模仿。人们说，在电视里看京戏是"寓中于西"。东方的城市生活一天也离不开来源于西方的交通设备、通信设备和各种各样的电器设备。

"大清帝国"改名"中华民国"，这就是宣告中国双文化时代的开始。"中华"属于中国文化，"民国"属于西方文化。"中学为体、西学为用"是双文化。大学里传统文化课程很少,西方学术课程很多,这是"向外倾斜"的双文化。

中国文化原来就不是单纯的, 它是中国的儒学和印度的佛教以及其他因素的混合物。佛寺多于孔庙是古代双文化的遗迹。

印度做了三百年英国的殖民地, 行政和教育离不开英语,是一个双文化国家。新加坡规定英语是全国官方语言,华语是华人的民族语言,新加坡是双文化国家。某些伊斯兰教国家激烈反对西方, 但是照样学习英语和西方科技。

新闻说, 某伊斯兰教国家的大臣们反对国王建设电视,因为其中的人像就是魔鬼。国王无奈,宣布休会。大臣们走出会场,找不到自己的汽车,回去问国王是怎么一回事。国王说:汽车不也是魔鬼的工具吗?

新闻说, 在韩国,同一家人,父母倾向农耕文化,儿女倾向西方文化。"泡菜"的一代和"汉堡包"的一代住在一个大门里。青年人一方面希望父母负担他们的教育和结婚费用,这是农耕社会的集体主义文化;另一方面不愿意担负赡养父母的责任, 这是西方资本主义的个人主义文化。企业家一方面拼命工作、扩大资本,这是资本主义文化;同时把财富和企业经营权传给子孙,这是农耕社会的集体主义文化。双文化并存,因为英国工业化经历两百年,美国经历一百五十年,韩国只经历四十年,旧文化还没有来得及退出历史舞台。

西方文化内部也远非清一色。它早期是"希腊罗马"文化和东方(西亚)传来的基督教的混合物。生物学家在实验室里研究遗传学,到礼拜堂里拜上帝,进化论和上帝创造论集于一身,这不是新闻。美国、加拿大等移民国家,从国家来看是以西方文化为主的多元文化,从每一个家庭来看都是西方文化和本民族文化的双文化。

德国和日本,军事战败而经济战胜,这是铁血主义和自由主义两种文化的结合。韩国、中国台湾、中国香港、新加坡,地域小而能量大,这是儒学传统和市场经济两种文化的结合。

西方文化所以发展最快,因为它兼收并蓄,汇集众长,重视科技,奖励发明,思想自由,人才辈出,人的智慧充分释放了出来。要使落后赶上先进,必须研究双文化的策略。

1995年7月30日

195

华夏文化的历史发展

中国殷商时代，欧亚大陆上有七个文化摇篮。六个在从地中海东部到波斯湾一带的"西方"。一个在喜马拉雅山之东的"东方"，这就是中国的华夏文化。到了汉代时候，演变成为四大文化：以罗马为中心的西欧文化，以两河流域为中心的西亚文化，以印度为中心的南亚文化，以中国为中心的东亚文化。

华夏文化在三千年中经历了四次变革：先秦的百家争鸣，汉代的独尊儒学，隋唐的佛教兴盛，清末的西学东渐。华夏文化在历史上不断吸收不同的文化，发展成为包含哲学、科学和艺术的全景文化，既有精神的一面，又有物质的一面。

先秦时代，诸国并立，文化多元，百家争鸣，《史记》记载"儒、道、墨、名、法、阴阳、纵横、农、杂"等家。汉武帝"罢黜百家、独尊儒学"。但是，儒家人人阅读诸子著作，兼收并蓄,融会贯通,形成以儒学为中心的综合文化。儒家说:"一物不知,儒家之耻。"

儒家的政治哲学长期稳定了中国的封建社会,使农业和手工业有条件逐步发展。培育五谷,纺织丝绸,采焙茶叶,制造瓷器,发明纸张,造福人民,惠及邻邦。

佛教在东汉初年传入中国,到隋唐时代发展成为有中国特色的中国佛教。佛教不是只有庙宇和菩萨,它还有建筑术、数学、天文学、医学、语言学、因明(逻辑)学等科学和制作技术。它丰富了和活泼了陈陈相因的儒学。华夏文化于是变成儒佛二元文化。"江河不择细流,所以成其大。"华夏文化在当时是东方的文化高峰。

农耕的汉族在军事上不能抵御游牧的外族,但是在文化上同化了入侵的外族。经过不断的民族融合,汉族成为世界上最大的民族。

西欧文化后来居上,经历文艺复兴、宗教改革、工业革命和民主革命等剧烈的变革之后,科学代替玄学,民主代替君主,发展成以科学和技术为中心的现代文化。它大大超越了西亚、南亚和东亚的东方文化,成为事实上的国际现代文化。西方帝国主义利用新兴的科技力量,席卷全球。中国地处"远东",遭受侵略较晚,但是也未能幸免。

华夏文化直到明代还是世界上的先进文化，但是在西方工业化和民主化之后，相形见绌，无法较量。对抗失败之后，中国被迫采取"师夷技以制夷"的策略。开放门户，师法西洋，学习科技，废除帝制，华夏文化开始向现代化的方向前进。

以科技为中心的现代文化是开放性的。它是全世界自然科学家和社会科学家的共同创造。任何国家只要能作出贡献，就是现代文化的主人。中国应当积极参加现代文化的创造，做现代文化的主人。

现代文化的出现使民族文化的作用发生了变化。文明古国不得不重新考虑传统文化的价值。哪些保持民族特色，哪些跟国际接轨，是一个复杂而又敏感的问题。"文化大革命"全盘否定传统文化之后，我国提倡弘扬华夏文化是及时的拨乱反正。但是，弘扬华夏文化必须去其糟粕，取其精华，除旧布新，发扬光大。弘扬华夏文化绝不是提倡国粹主义。不能革新和发展的文化是没有生命力的。华夏文化必须恢复历史上曾经发挥过的伟大生命力，百尺竿头，更进一步！

1995年9月3日

双语言时代

国家共同语和国际共同语

孔子说:"登东山而小鲁,登泰山而小天下。"今天还要添上一句:"登月球而小地球。"超音速飞机从地球上任何一个城市到任何另一个城市,都可以早发而午至。地球的确太小了,不能再说是"大地",已经成为一个小小的村庄,叫作"地球村"。

孔子有弟子三千人,来自言语异声的四方。他对弟子们讲学,说的是什么语言呢?孔子周游列国,不带翻译。他向诸侯宣讲仁义,说的是什么语言呢?他不说曲阜的方言,而说当时的"天下共同语",叫作"雅言"。孔子的语言是"双语言":雅言和方言。

在地球村里,民族繁多,言语各异。如果东村说的话西村听不懂,西村说的话东村听不懂,那么地球村就成哑巴村了。地球村必须有大家公用的共同语。

用什么语言作为地球村的共同语呢?"世界语"行吗?不行。所谓"世界语"就是"爱斯不难读"(Esperanto)。这种人造语的规则简单,学习容易,但是应用范围不广,图书资料稀少,只相当于一个小语种,不能适应现代政治、贸易和科技等领域的复杂需要,所以联合国六种工作语言中没有它的地位。

地球村的共同语不是开会决定的,而是由历史逐渐形成的。英语已经事实上成为地球村的共同语。三百年来"日不落"的大英帝国"日落"了,遗留下来一份遗产"英语",正像罗马帝国瓦解之后遗留下来的"拉丁语"。"公历"失去了基督教特色,"米制"失去了法国特色,"英语"失去了英国特色。英语不仅没有阶级性,也没有国家的疆界。它是一条大家可走的世界公路,谁利用它,谁就得到方便。

"二战"之后,有一百多个殖民地独立成为新兴国家。在语言工作上,它们面对两项历史任务:一方面要建设国家共同语,另一方面要使用国际共同语。日常生活和本国文化用国家共同语,国际事务和现代文化用国际共同语。

文化和经济发达的国家,早已实行了双语言。现代是双语言时代。

英语的洪水泛滥

"英语"原意"地角语言"。5世纪中叶(中国南北朝),欧洲大陆一个部落叫作 "地角人"(Engle),从石勒苏益格(Schleswig,现在德国北部)渡海移居不列颠(Britain)。他们的"地角语"(Englisc,古拼法)代替了当地的凯尔特语(Celtic)。于是地区称为"英格兰",语言称为"英语"(English,现代拼法)。

1066年(北宋中期),说法语的诺曼底人(Norman)侵入英国,此后两百年间英格兰以法语为官方语言。后来,1350—1380年间, 英语开始用作学校语言和法庭语言。1399年(明朝迁都北京之前),英格兰人亨利第四当上了英王,此后英语的伦敦方言成为文学语言。

英语在5—6世纪时,用原始的"鲁纳"(runa)字母书写。7世纪时(中国唐代前期),基督教从爱尔兰传入英格兰,英语开始拉丁化。拉丁字母跟英语的关系,好比汉字跟日语的关系。英语的拉丁化是很晚的,到中国唐代时候才初步成形。

　　英语不是先有拼写规则然后拼写的，而是在随意拼写中逐渐约定俗成的。拼法不规则的原因主要有：(1)字母少而音素多，造成一音多拼；(2)语音变而拼法不变，遗留古文痕迹；(3)强调拼法反映希腊和拉丁的词源，人为地造成言文不一致现象；(4)部分语词采用法文拼法；(5)不断借入外来词，拼写法变得非常庞杂；(6)15世纪(明代中叶)，英语发生语音的重大变化。刚刚写定的文字无法系统地改变，混乱的写法流传下来成为今天拼写定形的基础。

　　民国初年，英国"海盗牌香烟"的广告曾经贴满中国的街头。英国本来是个海盗之国。1588年(明万历年间)，英国发挥海盗精神，用海上游击战术，以一群零散的小兵舰打败了西班牙的"无敌舰队"，从此成为海洋第一霸主。此后四百年间，英国建立了一个人类历史上最大的殖民帝国，被称为"大英帝国"。英国打破历史传统，努力开创新的历史局面，在政治上开创民主制度，在经济上开创工业化生产方式。这两个开创改变了人类历史，使英语在全世界语言中独占鳌头。

　　英语虽然拼法不规则，但是同一个语词有一定的拼法和读音,例外只是少数。语法比其他欧洲语言简单。英语从四面八方吸收有用的外来词,成为词汇最丰富的语言。它用26个现代罗马字母而不加符号,方便打字和电脑处理。

两次世界大战,从英国殖民地独立成为现代大国的美国,不仅在军事上取得胜利,并且在战后开创了信息化的新时代。英语的流通扩大,美国是最主要的推动力量。起源于美国的多媒体电脑和国际互联网络,不断造出以英语为基础的新术语。信息化和英语化成了同义词。英语通过电视和电脑,正在倾泻进全世界每一个知识分子的家庭。英语的洪水泛滥全球。

法语的争霸战

原来,法语和俄语都跟英语争当语言霸主。前苏联瓦解之后,俄语退出了争霸舞台,法语孤军作战。

"一战"之前,法国是欧洲大陆最强大的国家,法语是国际的通用语言,国际会议都用法语。当时,不会法语就难于做外交官。直到如今,邮政领域还在某些国际事务中使用法语。可是,"一战"中法国失败,由于美国参战,然后转败为胜。1922年,举行华盛顿国际会议时候,美国有礼貌地跟法国商量,可否在会议中同时用英语,法国不好意思说"不",这一答应,改变了语言的国际形势。

"二战"中法国再次失败,又由于美国参战,然后转败为胜。成立联合国时候,议定以"英、法、西、俄、中"五种语言为工作语言,后来增加一种阿拉伯语。联合国原始文件所用语言,英语占80%,法语占15%,西班牙语占4%,俄语、中文和阿拉伯语合计占1%。法语的应用不到英语的五分之一。今天多数国际会议,名义上用英法两语,事实上只用英语。

"二战"之后,范围仅次于英帝国的法帝国也瓦解了。法国利用法语作为纽带,团结原来的殖民地,组成一个"法语国际"。推广法语,跟英语做斗争,这是法国的重大国策。为此,法国设立国家法语委员会,由总统直接领导。法国规定,在法国销售的外国货物、广告必须用法语。法国宣传,法语是最优美的艺术语言,是人类最高尚的文化语言。凡是以法语为第一外国语的国家或地区,法国愿意给以津贴和帮助。

可是,历史的变化跟法国的愿望背道而驰。印度支那三国原来是法国殖民地,通行法语,由于加入东南亚联盟,都放弃法语,改用英语。越南为了参加东盟,从国家主席到一般公司职员,人人都在学习英语。柬埔寨的大学生上街游行,要求学习英语。印度支那的第一外国语由法语变为英语,这是"法语国际"的重大挫折。

最近,从法国殖民地独立起来的阿尔及利亚,宣布从1998年起,学校改以英语为第一外国语。法国一向把阿尔及利亚当作一个省份看待,这里也要改用英语,使法国难以忍受。"法语国际"只剩下半个"法语非洲"了,可是那里也在酝酿改学英语。

在电脑互联网络上,英语资料占90%,法语只占5%。一位法国司法部长生气地说:"这是美国网络殖民主义!"

法语跟英语的斗争,为什么处处失败呢?原因是:(1)法帝国的地区和经济实力原来比英帝国小;(2) 英国有美国作为英语的"继承国",法国没有那样的强大"继承国";(3)两次大战中法国失败,由于英语国家的帮助才转败为胜;(4)信息化时代的科技新术语大都来自说英语的美国,法国的科技力量无法跟它相比。这些原因不是短期所能改变。

德国的语言政策跟法国很不一样。德国商人乐于用英语做生意,这样能多销货物;德国科学家乐于用英语发表论文,这样能有更多读者。德国人说,我们争效果,不争语言。在欧洲,法语人口和德语人口的比例大约是7:9,法语人口少于德语,但是相差不大。欧洲各大企业在业务中使用的语言,除英语之外,原来使用法语超过德语,但是1996年的调查说明,情况改变了,德语第一次超过了法语。可见,法语的国际流通性正在萎缩。法语是否可能从一种国际语言萎缩成为一种国家语言呢?这是法国的重大忧虑。

不过,法国没有认输,还在乐观地继续斗争。其实,法国没有人不学英语,法国本身事实上早已是双语言国家了。

东南亚的双语言

"东南亚"有10个国家(新加坡、马来西亚、印度尼西亚、文莱、菲律宾、泰国、越南、柬埔寨、老挝、缅甸),土地共计448万平方千米(接近半个中国),人口共计4.26亿(超过中国的三分之一),从印度洋到太平洋,横跨赤道的七分之一。这些国家组成"东南亚联盟"(东盟),原来包含6个国家(新马印文菲泰),扩大为10个国家(增加越柬老缅)。

东南亚的西面有5个国家(泰缅越柬老),都是佛教国家,语言彼此不同,文字用各自的印度式变体字母。泰国有传统文字,以英语为第一外国语。缅甸原来是英国殖民地,有简易的传统文字,几乎人人识字,以英语为中等和高等教育语言。越南在独立之后,废除了汉字,以拉丁化"国语字"为正式文字。柬埔寨和老挝有各自的传统文字。印度支那原来是法国殖民地,正在改用英语作为第一外国语,向其他东盟国家看齐。

东南亚的东面也有5个国家(新菲马印文),他们的语言和文字在"二战"后有全新的发展。新加坡规定四种官方语言:英语不是外国语,而是全国官方语言;华语(普通话)为华人的官方语言,提倡"多说华语、少说方言";塔米尔语为印度族的官方语言;马来语为马来人的官方语言,同时又是新加坡的国语,唱国歌用马来语。菲律宾规定拉丁化的他加禄语(Tagalog)为国语,以英语为行政和教育语言,英语的作用已经深入民间生活。马来西亚和印度尼西亚,人民大都信奉伊斯兰教,但是废除阿拉伯字母,采用拉丁字母;两国在独立之后共同采用标准马来语作为官方语言,原来拼写法相互不同(印度尼西亚用荷兰式,马来西亚用英国式),后来统一了正词法,并且为新加坡和文莱所采用。印尼原为荷兰殖民地,通用荷兰语;独立后荷兰语退出印度尼西亚,改以英语为第一外国语。

东盟经济已经走上快速发展的道路。新加坡是"东亚四小龙"(中国香港、中国台湾、韩国、新加坡)之一。文莱是石油富国。泰国发展显著。马、印正在起飞。菲律宾已经初具规模。这里有一片欣欣向荣的朝气,是举世瞩目的历史上升地区。

东南亚旧称南洋,是华侨和华裔最多的地方,据说有3500万人,很多人已经"落地生根",忘记了家乡语言,改用了当地的姓名。他们主要经营工商业,成为当地发展经济的重要动力。

东南亚各国的政治制度不同(社会主义、军人专政、民主制度),宗教有各自的传统(佛教、伊斯兰教、基督教)。但是,这些歧异并不妨碍他们团结起来共同发展经济,并且在共同的国际事务中采取协调的政策。

东南亚一致实行英语和本国语言的双语言,方便相互联络和发展国际贸易,这是走上一体化道路的第一步。荷兰语和法语的退出,使东南亚实现了统一的英语化。英语在东南亚不仅在国际事务中发挥作用,而且部分地进入了民间生活。

印度的双语言

印度原来是英国的殖民地。1950年独立之后，反对英帝国主义，同时反对英语。印度宪法规定"印地语"是唯一的国语，准备在十五年之后完全不用英语。

但是，印度是一个9亿人口的大国，民族多、语言多、方言多、文字多，印地语只占人口的三分之一。印地语之外，印度规定11种"邦用"官方语言。印度低估了建设全国共同语的困难，曾一度陷入语言问题的重大混乱。

过去两百年间，英语是印度的行政语言和教育语言，国会开会用英语。这无法在可见的短时期内改变。结果是，英语悄悄地继续流通，担当了全国共同语和国内各民族之间的纽带语言。

到了20世纪70年代，印度的国际关系和语言感情发生了变化。英语从帝国主义的语言变为有利可图的商品。长期以英语为教育语言，使印度受过教育的国民人人都懂英语。这个条件成为参加国际事务和进行国际贸易的有利条件。利用英语条件，印度每年争取联合国的国际会议多次在印度举行，借以赚取外汇。在宪法中没有地位的英语,现在公开地保留了无冕之王的地位,成为事实上唯一的全国共同语。印度是一个英语和本国(本邦)语言的双语言国家。

日本的双语言

日本善于吸收外来文化,择优而从,青出于蓝。在古代,日本学习中国一千年;在近代,日本学习西洋两百年;古代使用中文和日文, 近代使用英语和日语, 都是双语言。"二战"后,日本的双语言又有新的发展。

日本在"一战"前,贸易利用英语,科技利用德语。"二战"后,充分利用英语,引进新技术,发展国际贸易,把军事战败国变为经济战胜国。

日本投降(1945年),美国将军麦克阿瑟(Douglas Mac Arthur)成为日本的"太上皇"。他命令日本实行"语文平民化"。减少汉字数目,简化汉字笔画,改进假名字母的用法,使日文从汉字中间夹用少数假名, 变为假名中间夹用少数汉字。日本在明治维新(1868年)时期已经普及国语,把文言改为白话。但是法律和公文依旧用文言,直到战后才从文言改为白话,用字以常用汉字为限,此外假名代替。

小学六年只学习996个汉字(比《千字文》还少4个)。大众小说只用800个汉字,其余用假名。日本的知识分子,一般只用2000个常用汉字。"语文平民化"的目的是:对人民大众,普及义务教育,提高文化水平;对知识分子,节省语文时间,更多地学习科技和实用知识。

两种语言接触,必然发生"洋泾浜"现象。广东话的洋泾浜是有名的,可是跟日语的洋泾浜一比,就小巫见大巫了。日本学习中国文化的时候,从汉语吸收大量外来语,时间久了,已经忘记了那是外来语。今天从英语吸收大量外来语,是日本吸收外来语的第二高潮。

大半个世纪之前,日本放弃"意译"科技术语,改为"音译"科技术语,用片假名拼写。这使日本术语的读音接近国际读音,叫作术语的读音国际化。最近,日本对英语的科技术语,不再翻译,就把英文写进日文,作为正式文字。

日本的大企业要求职员英语过关,经常测试职员的英语水平。目的是使职员能够独自在国际互联网络上取得外国资料,提高生产技术。日本的电脑普及率超过了西欧。国际互联网络极大部分都用英语。英语成为在日本大企业中担任职务的必要条件。

为了进一步提高英语水平,日本从1997年起,小学生提前从三年级开始学习英语。西欧有些国家实行"扫除外语(英语)文盲"。日本还没有这样做,但是英语越来越被重视,几乎要跟日语并驾齐驱了。一位日本首相对国会说:日本应当把英语作为日本的第二国语,而不再是外语。

日本有人慨叹说,"日本"快要没有了,只剩下"Japan"了。

中国的双语言

中国的双语言,原来是指推广普通话:从只会说方言,到又会说普通话。普通话是学校和社会语言,方言是家庭和乡土语言,这是"国内双语言"。现在又有了第二种含意:从只会说普通话,到又会说英语,这是"国际双语言"。

民国元年(1912年)开始,我国兴办新式学校,以"国、英、算"为三门主课。"国、英"(国文和英文)就是国际双语言。但是当时只有少数人上学,课程要求很低,还没有双语言的观念。

20世纪50年代之后,俄语一度成为我国的主要外国语。改革开放以来,事实上已经恢复了以英语为第一外国语。青年们热心出国留学,主要是去美国。一股英语热在青年中自动燃起。但是人数还少,不能说我国也开始了国际双语言。

我国的现代化要追赶两个时代,工业化时代和信息化时代。现代化的基础是教育,教育的工具是语文。我们还没有来得及考虑国际双语言政策问题,但是国际双语言是国家现代化无法避免的需要。国内双语言还没有完全实现,能够开始进行国际双语言吗?

内外并举,兼程并进,当然十分困难。但是,这是后进追赶先进无法躲避的必由之路。不能等待实现工业化之后再进行信息化。同样,不能等待实现国内双语言之后再进行国际双语言。我们的历史任务是,在一个时期赶上两个时代。

目前,我国科学院的自然科学研究所,以及有条件的大学,已经利用多媒体电脑,接上国际互联网络。这是我国进入国际互联网络和实行国际双语言的起点。

中国台湾在日本统治时期用日语和台湾话。日语是一国语言,不是国际语言。台湾话是汉语方言。1949年后台湾用"国语"(普通话)和台湾话,同时实行"国语"和英语的国际双语言。中国香港在英国统治时期用英语和广东话。香港归还中国之后用普通话和广东话,同时实行普通话和英语的双语言。

　　双语言不是独立于社会之外的附加物，而是现代社会的一个职能。双语言是一种现代化的指标。从双语言的水平，可以测知国家现代化的程度。

1997年3月24日

漫说太平洋①

太平洋：中国的"外洋"

1983年我到檀香山参加东西方中心和夏威夷大学召开的"华语现代化会议"（全称：华语社区语文现代化和语言计划国际学术研讨会，9月6日至11日）。东西方中心顺便邀请我参加另一个"太平洋国家语言和文化学术研讨会"（9月1日至3日）。这个会议使我了解到太平洋上新独立国家的语言和文化的特点，以及他们的奇风异俗，特别是"二战"以后的变化。

---

① 此文写成于2001年6月28日，发表于2001年《群言》杂志第9期。同年9月11日美国纽约发生"9·11"事件，惊动世界，改变了国际关系。不久，发生伊拉克战争，暴君萨达姆的铜像被推倒。此文似乎是"9·11"事件和伊拉克战争的预感。——编者注

在我心中,他们跟中国离得很远,参加会议以后距离顿时缩短了。

太平洋很大,占地球面积的三分之一,有1万个岛屿,包括澳大利亚、新西兰、新几内亚岛和三大岛群:波利尼西亚(多岛群岛)、密克罗尼西亚(小岛群岛)和美拉尼西亚(黑人群岛),各有独特的语言和文化。这里也是多种语言正在消亡的地区。在航空时代,一些太平洋岛屿成了旅游胜地。英语是太平洋的共同语。

地球是个水球,海洋中有陆地,不是陆地中有海洋。谁能了解和利用海洋,谁就是地球的主人。西方国家争夺太平洋已经几百年了。中国只顾"四海之内",不顾"四海之外"。在中国人的眼光中,太平洋是"外洋"。

美国在夏威夷办了两所学院,专门培养太平洋上新独立国家的青年。一些原始岛屿已经现代化,短期内跨越了一万年的文化时差。太平洋上新独立国家都是我们的近邻,不是远不可及的远方。可是,不仅我们认为他们离我们很远,他们也认为我们离他们很远。

太平洋过于辽阔,岛屿多而小,相隔距离远,即使有了轮船仍旧是交通不方便的。非洲原始,由于历史原因。太平洋原始,由于地理原因。英国早期把澳大利亚作为流放罪犯的"自由"监狱,由大地看守罪犯。航空时代,特别是"二战"之后,"大洋洲"内部往来才变得方便起来。

1946年我从上海到旧金山是坐轮船去的。当时中美之间只有军用飞行,还没有民用航空。我在太平洋上航行14天,算是速度很快的了。有趣的是,过子午线后要重复一天,前一天是我的生日,后一天又是我的生日,我接连过了两个生日。我觉得太平洋很可爱。我忽然明白,太平洋不是"外洋",而是"公海"。在"公海"上,中国应当开展自己的活动。

在太平洋上坐轮船航行,看海阔天空、波涛汹涌,这样的壮观景象有助于开拓我们的胸襟。民用航空开通以后,飞行速度一年年加快,中美之间可以朝发而夕至。人们飞越北极,几乎忘记了下面还有一个浩瀚的太平洋。地球缩小了,我们的胸襟不应当跟着缩小。不能用航海的景观来开拓胸襟,可以用航空的知识来开拓胸襟。

太平洋:美国的"内海"

"二战"之前,太平洋由日美两国分庭抗礼。"二战"之后,日本解除武装,军费限于国民生产总值的1%。美国核动力航空母舰驻扎在日本横须贺军港。日本成了美国控制太平洋的根据地。太平洋成为美国一国的"内海"。

"一战"期间,日本夺取德国在太平洋上的多处岛屿;"二战"期间,日本又夺取其他有战略意义的岛屿,例如:帕劳群岛、马绍尔群岛、北马里亚纳群岛、密克罗尼西亚群岛等。美国反攻,日本退出,原来日本托管的岛屿改由美国托管。日美的太平洋战争非常剧烈。至今在所罗门群岛的瓜达尔卡纳尔岛等地,旅游者可以看到沉在海中的许多兵舰和飞机。

战后,联合国对这些岛屿采取民族自决政策,由当地居民自由投票,以大多数票决定独立与归属。美国宣扬这是和平和民主的政策。一家中文报纸的副刊说,这是如来佛的手心策略,都在如来佛的手心之中,还怕谁翻跟头不成? 太平洋中大小国家,包括澳大利亚,实际都在美国的保护伞之下。最近新加坡建成深水港,美国的核动力航空母舰立即前去访问。美国在太平洋四周进行经常的侦察,就是把太平洋作为"内海"来管理。

不久前,海南岛外上空,美国侦察机和中国战斗机相撞。评论家说,这是中国进入"四海之外"的一次接触。在美国侦察机还没有运回美国的时候,美国上演《珍珠港》电影，纪念六十年前日本偷袭珍珠港的惨痛教训。新闻说，电影十分逼真，海港残破，机舰摧毁，烈火冲天，骨肉横飞，一幕幕惊心动魄的镜头，唤起美国观众的愤激情绪，提高美国人民的备战意识。美籍日裔和华裔都惴惴不安。一位评论家问：这是否暗示美国必须有防御导弹？

有一本书上说，日本1941年12月7日偷袭珍珠港是计算错误。日本本来计算，摧毁珍珠港之后，美国至少要两年才能恢复太平洋舰队。想不到美国半年就恢复了。日本乘人之危，突然袭击，只用五个月时间轻而易举地占领整个太平洋，建成大日本帝国的东亚共荣圈。当时日本得意忘形，不可一世。可是好景不长，中途岛一战，大局倒转了过来。一位旅美朋友来信说，日本把美国当作纸老虎，撕破纸皮，一看是一头披着羊皮的真老虎。日本上当了。

在美国，有一次我去参观勒明顿打字机公司。客厅中央陈列一台小钢炮。我问公司的董事长：为什么陈列小钢炮？他说：美国没有兵工厂，一旦宣战，全国工厂都是兵工厂。我们工厂在战争期间制造小钢炮，所以陈列作为纪念。"美国没有兵工厂，一旦宣战，全国工厂都是兵工厂"，这句话在我的耳朵里不断回响！

最近看到斯塔夫里阿诺斯《全球通史》(中译本，1999

年)中说：从1943年到1944年，美国每天生产一艘轮船，每五分钟生产一架飞机。"二战"中一共生产87000辆坦克、296000架飞机、5300万吨船舰。支援前苏联400000辆吉普车和卡车、22000架飞机（主要是战斗机）、12000辆坦克。又说：战争初期美国在太平洋只剩3艘航空母舰，两年后增加到50艘。从1941年到1944年，海军飞机从3638架增加到30070架，潜艇从11艘增加到77艘。从1941年到1945年，登陆艇从123艘增加到54206艘。这些数字即是"全国工厂都是兵工厂"的注解。

据说，美国估计，用常规战争占领日本，要牺牲20万军人。为了减少美国伤亡，缩短战争，决定施放原子弹。1945年8月6日，美国在广岛投下一颗原子弹。8月9日，又在长崎投下一颗原子弹。前苏联在8月8日对日本宣战，进军中国的东北。8月14日，日本正式投降。日本的军国主义分子至今认为：海军战败，陆军没有战败；投降美国，附带投降中国。日本军国主义阴魂不散！

新闻说，《珍珠港》电影引起了太平洋各国的不安。人们悄悄地问：太平洋会再爆发一次"珍珠港事件"吗？下一次"珍珠港事件"将在什么地方、以什么方式爆发呢？一位历史学教授说：历史虽然有"轮回"，但是人类的理智已经提高,能够化干戈为玉帛。前苏联解体而没有发射原子弹。德法世仇而能共同组成"欧盟"。这都是超脱"轮回"的例子。人类在进化。

愿太平洋是"太平"洋。

2001年6月28日　时年96岁

走进世界

　　2001年,21世纪的头一年, 中国发生两件大事, 一是"入世"成功,中国将按照"世界贸易组织"(WTO)的章程扩大进出口贸易;二是"申奥"成功,2008年北京将主办世界奥运会。这两件事之所以称得上大事,因为它们标志着在21世纪中国准备走进世界。中国一向有"世外桃源"的美名,只顾"四海之内",不顾"四海之外",现在改弦易辙,准备走出桃源,进入世界,这是中国的大事,也是世界的大事。

世外桃源的传统意识

　　《桃花源记》是一篇好文章,大家喜欢读,我也喜欢读。《桃花源记》的思想是出世,走出世界、安居古代。我的思想是入世，走进世界、追赶现代。《桃花源记》跟我的思想完全相反，为什么我也喜欢读它呢？其中道理直到最近我才明白。原来，我生活在传统思想之中，出世早已成为我的潜意识。我的入世思想是后来从书本中学来的，只是包在潜意识外面的一层薄膜，所以我虽然有入世思想而喜欢读出世文章。《桃花源记》文笔优美，只是吸引我的次要原因。

中国的出世意识来自三个方面：哲学传统、地理环境和历史背景。

哲学传统。我们的哲学受宗教影响极大。佛教，从西汉哀帝元寿元年（公元前2年）传入中国，已经有两千多年历史；佛教在印度衰落之后，中国成为世界佛教的主要基地。佛教修行的最终目的是达到"涅槃"。"涅槃"的意思说穿了就是一个"死"字。"生"都不要，还要"入世"吗？道教，从东汉顺帝汉安元年（142年）的五斗米教算起，有一千八百多年。道教本来是中国的原始巫术，没有教祖就领来一个老子作为螟蛉教祖。道教修炼的最终目的是成仙。仙人不住在地上，而住在云端里，当然远离尘世。魏晋玄学，尊崇"三玄"（《老子》《庄子》《周易》），以道解佛、援儒入佛，讲玄虚、辩有无，清谈度日。宋明理学，是"儒、道、佛"的混合。

223

理学的所谓"体用"和"理殊",皆出于佛教。"理学挂着儒家的招牌,其实是禅学、道家、道教、儒教的混合产品"(冯友兰)。中国的宗教和哲学都深藏着出世意识。只有儒家有入世思想,但是受佛道感染,儒冠而佛心,儒衣而道言,失去了孔孟的积极入世精神。

地理环境。东亚在欧亚大陆的东端,由喜马拉雅山隔开,自成区域。北有流沙,西有峻岭,南有榛莽,东有大海,一个天然的封闭天下。中国居东亚的中心,遗世独立。请到山东海边看看"天尽头碑",这就是天下的极限。

历史背景。宋、元、明、清,多半时间由入侵的外族统治。他们进入中国,犹如到了天堂,心满意足,不求发展,关起门来尽情掠夺。元代皇帝有一次问大臣能否杀尽汉人,把尸体运去肥沃蒙古草原。明代郑和下西洋,是去宣扬国威,不是去开拓疆域,是依照已知航道,不是去开辟航道。清代后期,英国要求跟中国建交通商。中国皇帝说,"万物皆备于我",不需要蛮夷之邦的东西。宋、元、明、清各代都长期实行海禁。

传统力量束缚住历史,力量之大,远远出乎想象。"积重难返"不是一句空话。东方如此,西方也是如此。西班牙和葡萄牙到中南美殖民比英国到北美殖民早一百多年,为什么至今中南美落后于北美？学者认为，深层原因是伊比利亚传统的惯性在起作用。东西德合并到如今，东德仍旧无法赶上西德，成为西德难于放下的包袱。什么缘故？学者认为，深层原因是东德传统的惯性在起作用。由此可以了解，为什么俄罗斯的经济改革如此之难。我们的传统包袱十分沉重，我们的潜在惯性还没有被自己发觉。两千多年的出世传统阻碍着中国走进世界。

地球村需要村民教育

现在，中国将从"天下中心"变为"世界一员"。许多人会感觉很不舒服。怎么，泱泱大国变成了小小地球村的一员？孔子登东山而小鲁，登泰山而小天下。现代人登喜马拉雅山而小东亚，登月球而小地球。站得越高，看得越远，自己就相对地显得越缩越小。

参加"世贸"只是产品进入世界，不是人民进入世界。人民进入世界，才是真正的"入世"。人民"入世"，就是成为世界公民。成为世界公民，不用写申请书，也没有公民证，但是要进行两项自我教育：扩大视野和补充常识。

扩大视野。我们有三个面向：面向现代化、面向世界、

要从世界看国家，不要从
国家看世界。

周有光
2011-12-17

时年106岁

周有光 106 岁题词。

面向未来。三个面向,就是扩大视野。扩大视野要把本国观点改为世界观点。从本国看本国要改为从世界看本国,从本国看世界要改为从世界看世界。中国人民要改,世界各国人民都要改。例如,甲国占领乙国,夺取其油田。从本国观点来看,可能同情原来友好的甲国。从世界观点来看,要根据国际公法,支持被侵略的乙国。

《群言》杂志(2001年9期)刊登了两张照片。一张是1970年12月7日联邦德国总理勃兰特在"二战"被侵略国波兰烈士纪念碑前下跪。另一张是2001年8月13日小泉纯一郎以日本内阁总理身份,不顾被侵略国的抗议,悍然参拜纪念战争罪犯的靖国神社。勃兰特扩大了视野,有世界观点,认识了过去,能面向未来。小泉没有扩大视野,没有世界观点,不肯认识过去、不能面向未来。两张照片,对照鲜明!日本教科书美化侵略,引起被侵略国强烈抗议。国际评论说,日本不肯正视过去,坚持军国主义传统观念,绝对错误!同时,日本的邻国也要用世界观点查看一下自己的教科书。否则你爱你的祖国,我爱我的祖国,亚洲就难于有持久和平。

德国在西欧,可是一向自立于西欧之外,企图凌驾于西欧之上;两次大战失败,不得不改弦易辙,从西欧的敌人改为西欧的友人,从西欧的客人改为西欧的主人;扩大视野,共建"欧盟"。这不比再打一次世界大战好吗?一位俄罗斯学者说,俄罗斯也要考虑重新定位,可否从欧洲的客人改为欧洲的主人,从离开欧洲改为进入欧洲;扩大视野,参加"欧盟"。这不比继续冷战好吗?扩大视野,面向未来,原来无法解决的问题就不难迎刃而解。

补充常识。常识就是自然科学和社会科学的基本知识,也就是"五四"运动所要求的科学和民主。某小学老师问:用烧饭的柴火能不能炼出钢铁来?学生答:不能。问:为什么不能?答:温度不够。在"大炼钢铁"的年代,我国大致还没有人具备这种常识。"全民打麻雀""人民公社化""反右运动""文化大革命"等,都是违反基本常识的行为。今天我们的常识提高了,但是不能自满,应当自己再检查一下,是否仍旧缺少现代国际社会所公认的某些常识。一位英国学者说,治理国家就是按照国际公认的常识行事。常识不是静止的,而是不断更新的。

最近新闻说,美国农民现在只占全国人口的2%以下。新闻还说,美国工人现在只占全国人口的20%以下,十年以后将降到10%以下。技术发展,农民和工人不断减少,是世界各国的共同现象。不知道马克思听了会有怎样的反应。全世界的无产阶级不是越来越壮大，而是越来越缩小。历史变化出乎预言家的想象。社会的发展规律需要重新研究。某刊物说，专家们认为，在市场经济时代，对马克思的学说也不能搞"两个凡是"。

某报登出一道"算术题"：送一封市内平信的成本为1.36元，现行邮资0.80元，亏损0.56元；送一袋250克的牛奶，收送费0.03元，还有钱可赚；能不能让送牛奶的去送信，实现扭亏增盈？这是市场经济提出的一道常识小问题。问题很小，意义很大。

2008年，北京将主办世界奥运会。在这个运动会上，没有国家能提出要求：给我们特别优待，踢足球的时候，我们可以手脚并用。国际公共的踢球规则，就是我们要学习的常识。

别国参加"世贸"，谈判半年、一年，至多两年、三年，就完成了。中国参加"世贸"，谈判了十五年之久。一个初生婴儿已经长成15岁的少年了。一个50岁的盛年已经变成65岁的白发老头了。计划经济跟国际市场接轨如此之难！中国产品走进世界不容易，中国人民走进世界更加不容易。从"入世"之难，我们看到了自己离世界还有多远。

在21世纪，人与人、国与国，正在重新定位。世界各国，原来各据一方,相互虎视眈眈。现在大家挤进一个小小的地球村,成为朝夕相见的近邻。今后早上见面是否可以说一声"嗨"！当然仍旧有敌对,可是敌对方式也跟过去不同了。走进世界,做一个21世纪的世界公民,无法再梦想世外桃源,只有认真学习地球村的交通规则。

2001年9月9日

端午节的时代意义

今年(2008年)端午节,成为法定节日。这是晚近复古思潮悄然兴起的一种表现。

二十四个节气是天文节日。端午节是人文节日。

民俗学认为,端午节来源于古越人的图腾祭祀,插艾蒲、饮雄黄、挂香囊、禳灾异,都是公共卫生的原始防疫。

但是,中国人民代代相传,端午节是纪念屈原投江的受难日。龙舟是到水中去找寻屈原,粽子是给屈原的灵魂祭奠。屈原是中国知识分子的受难象征,正像耶稣是以色列人的受难象征。

屈原(前339—前278年),战国时期的楚国贵族,才思超逸,辅佐怀王。秦楚争霸,"横则秦帝,纵则楚王"。屈原主张联齐抗秦。怀王轻信谗言,放逐屈原,与秦结盟,被秦俘虏,客死于秦。顷襄王即位,继续亲秦,再度放逐屈原。屈原流放江南,辗转沅湘,哀吟苦忆,目睹亡国。秦将白起破郢都,灭楚国。屈原无法再活下去,自沉于汨罗江,以死殉国,时为(前278年)阴历五月初五。"端、初"同义,"五、午"相通,端午节即为初五节。

屈原之死,震动了中国知识分子的灵魂。端午节从纪念屈原受难的节日,经过两千三百年的绵延,发展成为尊重知识的节日,解放知识分子的节日。

怀念古代为的是教育今日。阅读古书而不知"以古鉴今",读书何用? 纪念端午节,自然地从屈原受难,联想到秦始皇焚书坑儒,历代的文字狱。

秦始皇焚书坑儒(前213年):下令焚烧《秦纪》以外列国史纪,谈论《诗》《书》者处死,以古非今者灭族,禁止私学,以吏为师;次年,将四百六十多名儒生坑死于咸阳。

屈原被否定,放逐异乡,心力交瘁,投水自尽,这跟"反右"运动中知识分子的被否定,下放劳动改造,折磨而死或失望自尽,历史轮回,何其鲜活!田汉的自沉,老舍的自沉,储安平的失踪,一代知识精英被摧残。虽然近年来不再谈论,可是老百姓心中没有忘记历史。言论可以控制,记忆无法禁止。中华民族的特色就是有历史记忆。勿忘过去,警惕未来,历史才能正道前进。

端午节成为法定节日,是复兴传统文化的信号。全球化时代是双文化时代,世界各国都在实行国际的现代文化,同时发扬本国的传统文化,以本国的传统特长增益国际的现代文化,以国际的先进制度改进本国的传统文化,这就是纪念端午节的时代意义。

2008年6月9日　时年103岁

233

大同理想与小康现实

两千五百年前,孔子提出"大同论"。《礼记·礼运》,孔子曰:

> 大道之行也,天下为公。选贤与能,讲信修睦。故人不独亲其亲,不独子其子,使老有所终,壮有所用,幼有所长,鳏、寡、孤、独、废疾者皆有所养;男有分,女有归。货,恶其弃于地也,不必藏于己;力,恶其不出于身也,不必为己。是故谋闭而不兴,盗窃乱贼而不作,故外户而不闭。是谓大同。

> 今,大道既隐,天下为家,各亲其亲,各子其子,货力为己。大人世及以为礼,城郭沟池以为固,礼义以为纪,以正君臣,以笃父子,以睦兄弟,以和夫妇,以设制度,以立田里,以贤勇智,以功为己。故谋用是

作,而兵由此起;禹、汤、文、武、成王、周公由此其选也。此六君子者,未有不谨于礼者也。以著其义,以考其信,著有过,刑仁讲让,示民有常;如有不由此者,在势者去,众以为殃。是谓小康。

"天下为公、世界大同",是中国人民历代的崇高理想。在大同理想的启示下,康有为提倡"维新",作《大同书》;孙中山创导"三民主义",大书"天下为公";邓小平实行"改革开放",以"小康"为建设目标。

孔子(前551—前479年)提出"大同论"之后,柏拉图(前428—前347年)提出《理想国》,莫尔(1478—1535年)提出《乌托邦》,傅立叶(1772—1837年)提出"法郎吉"幸福社会,圣西门(1760—1825年)提出知识分子和企业家的乐园,马克思(1818—1883年)提出科学社会主义,英国提出费边社会主义(1884年),美国以自由民主立国(1776年)。这都是引导人类前进的崇高理想。

比较上面各种理想,"大同论"在时间上早得多,在意境上高得多,这使我们不能不感叹孔子的先知先觉! 今天诵读这篇"大同论",好像是跨越两千五百年,跟先师孔子面对面讨论全球化时代的发展问题。

前苏联的理想是建立没有阶级剥削的社会主义；伊朗的理想是建立地上天国；美国的理想是建立自由民主的世界；中国的理想是"天下为公、世界大同"。你选择哪一种？我选择"大同"。因为："大同理想"，崇高、远大、广博、平易！

我们的当前任务是：建设小康，志在大同。

大同与小康

"大同论"把人类历史分为"大同时期"和"小康时期"。

大同时期的特点：(1)天下为公(政权禅让)；(2)选贤与能(文官考试)；(3)讲信修睦(守信、睦邻)；(4)老有所终，壮有所用，幼有所长，鳏寡孤独废疾者皆有所养(终身福利，从摇篮到棺材)；(5)男有分，女有归(幸福家庭)；(6)货，恶其弃于地也，不必藏于己；力，恶其不出于身也，不必为己(财产公有)。

大同时期的实践者是谁？孔子没有说。

小康时期的特点：(1)天下为家(帝王专制)；(2)货力为己(财产私有)；(3)城郭沟池以为固(国家设防)；(4)礼义，君臣，父子，兄弟，夫妇(定法律，重礼仪)；(5)谋用是作,兵由此起;有过,用刑;不由此者,在势者去(战争、刑罚、罢免、废黜)。

小康时期的实践者有谁? 孔子举例:禹、汤、文王、武王、成王、周公。

孔子为什么不谈大同时期的实践者,只谈小康时期的实践者? 为什么古代圣人一个个全是实践的小康,没有一个实践大同?

孔子没有说明,他的弟子们也明白了:大同是理想,小康是现实;大同是可望而不可即的崇高理想,小康是切实而可行的具体现实;理想玄虚只能仰望,现实具体可以实践。

从孔子时代到今天,两千五百年间,向来没有出现过大同世界。但是"天下为公、世界大同"这个理想崇高而远大,华夏子孙,代代相传,高山仰止,景行行之。

历史学者说:大同实际是美化了的原始社会,生活极其简单,身外别无一物,无从私有,只能公有。私有需要先有财产。生产发展,开始分工,财产有了剩余,于是公有变为私有。经济规律,不是私有发展成为公有,而是公有发展成为私有。

既然理想玄虚,不可捉摸,可否不要理想呢? 不可!

理想是崇高的希望、前进的向导、精神的支柱。人类智慧高度发展之后,必然出现理想的向往。"天下为公、世界大同",这个理想是华夏民族的旗帜,前赴后继,亿万同风。

理想是人类文明的原动力;但是它不是建设国家的具体步骤,不是发展经济的实际方案。历代圣贤心里都明白:理想崇高,现实平凡;理想白璧无瑕,现实瑕瑜掺杂;理想可以一步登天,现实只能摸着石头过河;理想有利无弊,现实有利必有弊。历代圣贤,心中有理想,脚下有现实,从来没有追求大同而鄙弃小康。这是中国的 "实事求是"伟大传统。

理想与现实

理想推动了社会发展:经济从农业化到工业化到信息化,政治从神权统治到君权统治到民权统治,文化从神学思维到玄学思维到科学思维。各国发展有先有后,差距很大,但是你进我追,都是向前,没有国家能够长期违背社会演进的历史轨道。

人类已经不能没有理想了, 没有了理想就失去了精神支柱和前进方向。但是,抬头仰望理想的时候,必须低头看清楚前进的脚步,不可把理想捧上天堂,把现实贬入地狱。

中国建设小康、胸怀大同,发展现实、仰望理想,改革开放,成效显著。

前苏联适得其反。前苏联档案公开后,俄罗斯和欧美历史学者,经过长年的深入研究,清楚地看到,前苏联的"没有阶级剥削的社会主义"和"发达的社会主义"全是空中楼阁。

前苏联瓦解的根本原因是:盲目追求理想,鄙视和破坏现实,违背社会发展的规律,走进了历史的误区。

其实,马克思讲得很清楚:建设社会主义必先建设资本主义,要先达到高度发达的资本主义,还要联合全世界的工人阶级一同建设社会主义。前苏联在半封建半农奴的落后社会基础上,强行一国单独向社会主义冒进,结果当然只有失败。

前苏联的失败告诉人们,分清"理想"与"现实"是何等重要!

2009年3月25日　时年104岁

走进全球化

　　人类社会的发展是在聚合运动中不断前进的：从部落到城邦，从城邦到国家，从国家到国家联盟，从国家联盟到世界组织联合国，实现全球化。

　　农业化时代，安土重迁，没有全球化。工业化时代，不断扩大国际贸易，开始全球化。信息化时代，信息技术穿透各国的国境界线，全球化一往无前。

　　全球化改变了人们的观点和立场，过去从国家看世界，现在从世界看国家。事物，都要重新评价。

经济全球化

　　经济全球化改善了全人类的生活。举例略谈虚拟工厂和生产外包。

虚拟工厂：

美国的航天飞机最近结束服役。航天飞机不是在美国一国制造的，而是分成若干部件，举行国际招标，由世界各国各显神通，精密分工，合作制造的。例如，奥地利得标制造航天飞机的一扇门，加拿大得标制造航天飞机的一个机械臂。

每个零部件严格按图纸生产，美国航天飞机工厂的总工程师，还在电视里监督得标各国的生产进程。各国把部件制造成功以后，运到美国，由美国集合组装，成为完整的航天飞机。虚拟工厂是高科技的生产全球化。

事有凑巧，我到奥地利参加学术会议，会议组织参观奥地利为美国制造的航天飞机的门，门上一个螺丝钉价值5000美元。

生产外包：

经济发展，工资上升，需要较多劳力的企业无利可图。为了减轻成本，把工厂迁移到工资较低的国家或地区，继续生产。例如玩具工业，起初主要在美国，后来迁移到欧洲，到日本，到中国香港，今后可能再迁移到中国内地。生产外包，工厂迁移，使难于工业化的国家或地区也开始进入工业化。工业化走向全球化。

中国改革开放,参加世界贸易组织,实行生产外包。原来反对资本侵略,现在欢迎外资来临,虔诚的信徒百思不解。邓小平"南巡",就是去说服人们,转变思想,适应时代。中国跟"世贸"谈判,经过十五年之久,最后悬崖勒马,达成协议。中国一只脚跨进了经济全球化,成为"世界工厂"。

政治全球化

政治全球化,风云变幻,使人眼花缭乱。举例略谈"阿拉伯之春"和"保护责任"新理念。

阿拉伯之春:

阿拉伯,共有23国,占据西亚和北非广袤地区,称为"阿拉伯世界"。他们都是伊斯兰教奥斯曼帝国瓦解后的遗裔。天主眷顾阿拉伯,给予石油:有石油就富,无石油仍穷。

阿拉伯世界一向被看作是人间净土。《天方夜谭》是阿拉伯的仙境。现在,净土仙境里发生了大闹天宫,被称为"阿拉伯之春"。

"阿拉伯之春",没有预谋,没有组织,没有理论。一人自焚,多国起义。星星之火,顷刻燎原。天国圣徒,只知"天主",不知"民主";只要"民生",不要"民主"。可是,草根起义一旦扩大之后,不由自主地滑入了民主,这就是"民主"的潜在力量。

历史学者认为,阿拉伯的历史包袱太重。西欧的启蒙运动经历几百年。阿拉伯的启蒙运动将是更加艰巨的历史任务,现在只是开端的开端而已。"阿拉伯之春"是春寒料峭的"早春"。

"保护责任"新理念:

利比亚是阿拉伯世界的一个环节。我傻乎乎地在电视里看北约轰炸利比亚,不懂为什么发生这场战争。我向网络寻求答案。原来,联合国有一个"保护责任"新理念的决议(Responsibility to Protect,简称R2P)。

关键文件是:2005年联合国通过一项名为"保护责任"新理念的决议。"保护责任",说得含糊其辞,不清不楚,为了避用敏感字眼。说得明白些,"保护责任"就是"保护人权的责任"。决议说:"确认当独裁者屠戮本国民众时,世界大国有权利和义务介入。"

"保护责任"新理念的意义非常重大。一国无道,多国介入;吊民伐罪,辅助起义。国际关系发生了颠覆性的变化!

轰炸利比亚之前,新闻也说是根据联合国的决议,中国这次投了弃权票。

网络说:"保护责任"新理念,先后执行了两次。前一次是对"波斯尼亚大屠杀"做出的军事回应:全世界花了三年半时间方才结束,首犯南斯拉夫暴君米洛舍维奇最终死于海牙国际法庭的监狱。这一次是对付利比亚,至今军事行动还没有结束。

文化全球化

语言使人类别于禽兽,文字使文明别于野蛮,教育使先进别于落后。

一万年前,人类创造了文字,世界各地兴起许多文化摇篮。经过缓慢的交流融合,形成东亚、南亚、西亚和西方四种地区传统文化。历史向全球化前进,四种地区传统文化进一步融合成为一种不分地区的国际现代文化,核心内容是科学和民主。地区传统文化依旧存在,进行各自的完善化,成为国际现代文化的补充。这是文化全球化。

改革开放之后,中国从文化休克状态中苏醒过来,开始重建文化。有人一时兴奋,闭目高歌"三十年河西,三十年河东":世界文化的接力棒传到中国来了!张开眼睛一看,世界已经广泛流传国际现代文化和文化的全球化。

2011年9月13日　时年106岁

2011 年，本书编者庞旸与周有光。

附 录

温柔的防浪石堤

张允和

那是秋天，不是春天；那是黄昏，不是清晨；倒是个1928年的星期天。

有两个人，不！有两颗心从吴淞中国公学大铁门走出来。一个不算高大的男的和一个纤小的女的。他们没有手牵手，而是距离约有一尺，并排走在江边海口。他和她互相矜持地微笑着。他和她彼此没有说话，走过小路，穿过小红桥，经过农舍前的草堆。脚步声有节奏地弹奏着和谐的乐曲。

吴淞江边的草地，早已没有露水。太阳还没有到海里躲藏。海鸥有情有义地在水面上飞翔。海浪不时轻柔地拍击着由江口深入海中的防浪石堤。这石堤被年深日久的江水和海浪冲击得成了一条长长的乱石堆，但是还勉强地深入海中。没有一块平坦石头可以安安稳稳地坐人。

周围是那么宁静,天空是那么蔚蓝。只有突突的心跳,淡淡的脸红在支配宇宙。

　　走啊走,走上了石堤。她勇往向前。他跟在后面。谁也不敢牵谁的手。长长的石堤只剩下三分之一了,才找到一块比较平坦而稍稍倾斜的石头。他放下一块洁白的大手帕,风吹得手帕飘舞起来,两个人用手按住手帕的四角,坐了下来。因为石头倾斜,不得已挨着坐稳当些。她坐在他的左边。

　　这里是天涯海角,只有两个人。是有风,风吹动长发和短发纠缠在一起;是有云,云飘忽在青天上偷偷地窥视着他们。两个人不说一句话。他从口袋里取出一本英文小书,多么美丽的蓝皮小书,是《罗密欧和朱丽叶》。小书签夹在第某幕、第某页中,写两个恋人相见一刹那。什么"我愿在这一吻中洗尽了罪恶"!(大意)这个不怀好意的人,他不好意思地把小书放进了口袋,他轻轻用右手抓着她的左手。她不理会他,可是她的手直出汗。在这深秋的海边,坐在清凉的大石头上,怎么会出汗?他笑了,从口袋里又取出一块白的小手帕,塞在两只手的中间。她想,手帕真多!

　　半晌,静悄悄地,其实并不静悄悄,两个人的心跳,只

250

风华正茂的周有光夫妇。

有两个人听得见。他俩听不见海涛拍打石堤有节奏的声音，也听不见吴淞江水滔滔东去的声音。他放开她的左手。用小手帕擦着她的有汗的手。然后他擦擦自己的鼻子，把小手帕放回口袋里。换一只手吧，他小心握她的左手，希望她和他面对面，可是她却把脸更扭向左边，硬是别过头去不理他。他只好和她说悄悄话，可是没有声音，只觉得似春风触动她的头发，触动她的耳朵，和她灼热的左边面颊。可是再也达不到他希望的部位。

她虽然没有允许为他"洗净了罪恶"，可是当她的第一只手被他抓住的时候，她就把心交给了他。从此以后，将是欢欢乐乐在一起，风风雨雨更要在一起。不管人生道路是崎岖的还是平坦的，他和她总是在一起，就是人不在一起，心也是在一起。她的一生的命运，紧紧地握在他的手里。

以后，不是一个人寂寞的走路，而是两个人共同去探索行程。不管是欢乐，还是悲愁，两人一同负担；不管是骇浪险波，不管是风吹雨打，都要一同接受人间的苦难，更愿享受人间的和谐的幸福生活！

这一刻，是人生的开始，是人类的开始，是世界的开始，是人生最有意义的一刻。

这一刻,是两个人携手跨入了人生旅途。不管风风雨雨、波波浪浪;不管路远滩险、关山万重,也难不了两个人的意志。仰望着蓝天,蔚蓝的天空,有多少人生事业的问题要探索;面对着大海,无边的大海,有多少海程要走啊。

这一刻,天和海都似乎看不见了,只有石头既轻软又温柔。不是没有风,但是没有风;不是没有云,但是没有云。风云不在这两颗心上。

一切都化为乌有,只有两颗心在颤动着。

1998年

知性做伴，一生有光

——我的爸爸周有光

周晓平①

　　我爸爸有个三不主义："不过生日，不写自传，不立遗嘱"，现在没有办法都保持了。别人要给他过生日，他也没有能力阻拦。不写自传的理由呢？就像钱钟书所说："假如你吃了个鸡蛋，觉得不错，何必要认识那个下蛋的母鸡呢？"

　　有些人想给爸爸写传记，他没有答应，其中的重要原因是他不愿意人家吹捧他。也有人帮爸爸录音，记录了许多内容，但到写时都被他拒绝了。至于他个人的历史，如民国时代他究竟有些怎样的经历；20世纪30年代在救国会他做了什么事；40年代末他为什么跟随共产党从美国，又从香港回到内地；他什么时候遇见过毛泽东，又是如何与周恩来以及陈毅开会的等，他从来不对外人讲这些故事。

　　我和爸爸的生性相似，我也不喜欢接受采访，不愿意

① 周晓平，周有光之子。——编者注

周有光和李锐(左)、周晓平(右)。

谈这些事情。儿子谈论父亲，总在夸奖好像不太合适，无论谈什么总是担心有吹捧他的嫌疑。当然儿子说老子的坏话更不好。

世界观——理性眼光　全球视野

评价我爸爸的一生是很困难的事情。首先我觉得他是一个非常理性的人，这一点是遗传了奶奶的基因。当年抗日战争时期，在去重庆的路上，我们家随身的十几个箱子掉进长江。奶奶一点儿也没有惊慌失措，她平静地说箱子丢了就丢了吧。我的妈妈倒是有点儿着急，因为箱子里装着好多日用品。我奶奶做事、待人非常理性，绝对不说媳妇任何坏话。早年我奶奶连生五个女孩，老不生男孩，我爷爷刚刚娶回姨太太想要传宗接代，奶奶就生下爸爸了。后来奶奶带着她所生的孩子们离开了那个大家庭。

我爸爸到圣约翰读书的时候，家里经济情况很不好，但他碰到了好老师、好学长，指导他怎么读书，再加上学校风气比较好，他的同学后来大都很有作为，像吕叔湘等。圣约翰大学是中国最早最好的大学，清华、燕京最早的一批教授，都是从圣约翰大学过去的。虽然是一个基督教学校,但信仰自由,对宗教信仰没有限定。这个学校提供给人一种真正的知识信仰,尊重每一个人,让你独立思考。大学教育提升了父亲的人格和知识水平。

那两年父亲在圣约翰大学所受的教育是很重要的,后来他转入光华大学读书。他的教育和研究方向预示着他的世界观是全球化的, 他的一生比较超脱的原因之一也是因为他是一个世界主义者。他对中国文化哪些好哪些不好,有一个比较清晰的看法。如果一个人真正了解了现实,了解了世界文化发展的最基本的规律,也就不会彻底失望了。

教育观——知识为上 学以致用

至今我还记得小时候爸爸唯一一次打我的原因:在四川宜宾,一天看书时,不留神把一脸盆水打翻了,搞得一塌糊涂。爸爸问起是不是我干的,我矢口否认。我撒了谎。父亲就打了我一下,不轻不重,这是我记忆当中唯一一次打我。他说,你怎么搞的,做错了事情还要撒谎,以后如果继续撒谎怎么得了。

还有一次父亲是这样对付我的无理吵闹的:那天我

不知为什么事情一直在哭闹,胡闹得过分了。爸爸一下子把我抱起来搁在一个大柜顶上,我自己下不来了。爸爸说你不哭了不闹了,就把你放下来。没办法,我只好停止哭闹,弄得我现在还有点儿恐高症。

爸爸从不硬性规定我们要读什么书,各种书都可以看,四大名著要看,而且要看懂,还要看各国的名著。但一般的小说可以不看。"那是闲书,有什么价值?我给你看更好的书。"爸爸会选择更好的书给我,让我更有兴趣阅读。

他不太喜欢收集字画,虽然他有很多机会。他说艺术当然很重要,但你过多地沉溺在这里面不值得。他认为读书一定要读真正能够获得知识的书。他很早就告诉我,小说有两种,一种是给你知识的;一种是闲书,后者要尽量少看。后来我到美国发现所有书店都把书分成两类:虚构与非虚构。爸爸说从前美国有规定,小学生课外读物中非虚构类要占80%,所以大人要指导小孩选择读书。

有一个时期,我热衷于收集邮票,他也不阻拦我,我收集了很多很多邮票。后来他给我讲了一个故事,有两个人收集了世界上唯一的两张邮票,这两个人见面了,A说,你能不能把你的那张拿来给我看看,B拿来了,A看了,然后唰唰唰就把它撕掉了。当时,这两张邮票每张都值上万英镑。B当然大闹,问A为什么要撕他的邮票?A说你要多少钱我给你多少,你要50万就给你50万。听完这个故事,我有点儿开窍了。他说集邮从商业角度是有价值的。但是你要知道,第一,邮票是能给你一点知识,但是这种知识你完全可以从百科全书里得到,而且更全面。第二,集邮谈不上是艺术,方寸太小。在他的影响下,后来我就放弃了集邮。

但他从不限制我的兴趣发展,从不干涉。他对我的学习很是关注,但是暗中关注,不知不觉地影响我,关键时候说两句。不过他很重视英语学习。

我读过《七侠五义》,这是武侠小说中比较经典的一本,看完之后其他的就可以不看了。有时候我在看这样的书,爸爸说这本书怎么样? 给我讲讲。他说那些大侠的武功是真的吗?真实的人怎么飞呢?于是他找了一本关于人类生理极限的书,说明人在极端条件下的可能性,这里包含物理学的概念,会爬会跳和飞檐走壁不是一回事。

爸爸善于通过聊天的方式与人沟通。我小时候有段时间检查出来有心脏病,他说有病没有关系,会好的,即使身体有病你还是能做事情。我心情不好时他就把我带到公园里散步,他随手捡起地上几片叶子说,哪一片叶子没有几个洞或者残缺?完完整整的叶子是很少的。难道它们就不是叶子了吗？它们构成了一棵大树的一部分。这就是说不管有什么缺陷，每个人都会找到自己的有用之处。他最关心我的是：你应该念好书，否则需要你为人民作贡献的时候，你什么知识都没有，拿什么去贡献？

他觉得上海太繁华太闹，让我回苏州安安静静地读书，环境也比较好，苏州的学校也是很好的。爸爸从来不强迫我做任何事情，那时候初一数学教四则混合运算题。有一次我数学考试拿回来成绩是丙，他问怎么回事？我说我也不知道我为什么这么讨厌四则混合运算题，乱七八糟的，搞不清楚。一个圆圈种几棵树，多少米一根，加一减一，太乱了。他说那就算了吧，不过代数要好好学，那很重要。爸爸觉得分数高低无所谓，但他很关心是否学习到有用的东西，他就是强调知识。他追求知识的观念很强。

我觉得爸爸是认真学过教育学的，他曾经建议函授大学多教逻辑学、教育学等，他帮他们设计课程，所以函授大学很感激他。

治学观——博闻强记　正视批评

爸爸学的是社会科学、人文科学，可是他是一个非常理性的人,对理科的内容也非常有兴趣。他大学里没有学过微积分,后来我教他,他很快就搞懂了其中的原理。他常常说这样一句话,如果我搞自然科学,可能成就会很大,而搞社会科学呢,就没有什么成就。他有一个从事科学研究的头脑:理性、严谨,承认实践在科学中的巨大作用。他在研究汉字使用数量方面的规律时注意到存在汉字使用效率递减率,因此我给他讲了一点儿微积分的基本定理,他很开窍,以此来检验他在语言学方面的研究是否符合实验。

在知识上父亲自称是百科全书派。他觉得认字很重要,所以要致力于用拼音方便地教会大众认字。认字,才会有知识,然后才能启蒙。这一观点给我印象很深。有时候我也会问他问题。但他觉得我没有说清楚到底是什么问题,他会说你回去再把问题想一想,看看百科全书,然后你再来问我。我们再讨论。

我上中学时候在家里住的那间屋子里面有书架,爸爸妈妈睡在隔壁。有时候爸爸早上三四点钟就醒了,想找书看,到我睡的房间里来翻百科全书,把我搞醒了。我说爸爸你晚上搞什么呀?妈妈就听见了,就跑过来说,哎,你怎么不睡觉?爸爸说我睡不着了。在床上翻来覆去地想,想到一个事，赶紧查查新书。妈妈就把爸爸揪回去睡觉了。

他经常查字典、查书和地图，对我的影响很大。你现在问他任何一个小问题、世界大问题，他可以给你讲得很明白。他以前看杂志，重要的文章上面用笔写得满满的。他看过的杂志我都拿回去，把爸爸画过的地方重新看一遍，我也很长知识。

爸爸总说他不是拼音之父，不让这么称呼他。他还说自己也不是研究文化问题的专家，只是随便写点儿文化方面的文章而已。他还说这是狗屁文章，顶多是杂文，看完也就可以扔了。人家想怎么批评，就怎么批评。

他很喜欢看人家的批评。有一次，有一篇文章后面，有一大堆跟帖，我打印了很厚的一沓全给他看了。他说人家捧的话，你就不要打印了。也有人家骂他的文章，甚至骂得很难听，什么老不死的。还有人说你有什么资格谈经济问题（他们不知道他是学经济的）。有人说要注意这个人，好像是个大"右派"，是个漏网"右派"等。爸爸看了都觉得无所谓。

他看重真正有水平的批评，比如梁文道的批评，他认为是很严肃的批评。有一个人说周有光是既得利益集团的一分子，我们听了都不大高兴，都说叫他们来看看我们家,这是个什么样子的既得利益集团分子。连小保姆都生气了，爸爸也没有生气。他给我看哪些地方批评得很好。爸爸在这个人大量"骂"他的文章里仔细地看,在他的批评上做了很多记号。"他说我们的工作是有许多问题。比方说用j、q、x这几个字母就不见得是最好的。你可以改动,但花费的代价可能更大。"他说,文字研究有它的技术性方面,也有它社会性问题的方面。技术性可以达到最优美的,但是它可能不符合社会的要求。

对爸爸最重要的一个批评来自台湾。台湾有一本近两寸厚的大书论述大陆文字改革,资料非常丰富。里面收录的是台湾人写的文章,水平非常高。那时候受国民党的态度影响,他们学术界也常常骂我们,说起话来都是什么"郭匪沫若","吴匪玉章","胡匪愈之","周匪有光"。但他们也写了很多有价值的东西,搞了很多研究工作,收集资料很齐。爸爸认真看完后跟妈妈笑嘻嘻地讲,"哈哈,这本书骂我们,但它把我们的问题搞懂了,知道中国大陆正在研究和解决什么问题。里面很多内容还是暗中赞扬我们呢。"

改革开放后台湾这些学者来大陆,爸爸说你们对我们了解是对的。国民党中也有大批人是比较理解我们大陆的文字改革,中国走了许多弯路,但简化汉字不见得坏,是有贡献的。他说:"我选择从国外回来还是对的。"

对于那些乱七八糟的骂人话,他才不生气呢,他就喜欢看骂他的话,捧他的人太多不用看,骂他的话要看一下。骂人话夹在好话中间,有时候我嫌烦,就都给他打印出来,已经打坏三台打印机了。

家庭观——兼容并包　患难与共

妈妈爱好昆曲。昆曲的词句非常优美,其文学水平很高。以前妈妈经常在家里排戏,反反复复地演唱;爸爸在隔壁写东西,久而久之也喜欢上了昆曲。星期天,妈妈时而去北海排练也会带上爸爸。但爸爸更喜欢西洋音乐,他带妈妈去剧院听西洋音乐的时候,妈妈有时候会在剧院里睡着了。

爸爸妈妈的性格很不一样,爸爸说话少,妈妈说话多。发生争执的时候,哪怕再有理爸爸都不争辩。妈妈说你讲话啊,爸爸说我讲了也还是这么回事。妈妈气消了以后如果觉得自己不对,就说对不起啊,这样就结束了。爸爸不对时,爸爸就承认错误。说:"噢,对不起对不起,下回不了。"就这样，很简单。我没有听爸爸说过我爱你这样的话。他说他和妈妈恋爱时，他找妈妈就说有人托我带一样东西给你，我顺便来看你好不好？

那时我们住在重庆下游不远的唐家坨，爸爸在重庆市区，每个礼拜乘小轮渡往来，平时没有电话，不能通消息。每个礼拜六晚上，妈妈带我到码头等船来。如果重庆遭日本人轰炸，妈妈赶紧打听有没有炸到人，真是心焦如焚。妈妈在码头上等爸爸下船，船上的人一个一个下来，终于看到爸爸也在船上，妈妈才放心了，高兴起来。

记得家里没钱的时候，妈妈就向她的朋友借钱。后来，抗日战争时期，我们的家被彻底毁掉了，妈妈又向亲戚借过钱。我的记忆中我们家就没有阔过，一直靠薪水过日子。日本投降后，爸爸妈妈有时候会一起去上海舞厅跳舞。我也去过几次。妈妈说，带他去不好吧？爸爸说，去看看没有关系，他早晚会知道社会是什么样的。爸爸相信他能把我教育好。

妈妈在世的时候家里来来往往人特别多，但她身体不太好，我老限制她，我说你一天接待的客人不要超过两个，晚上九点钟一定要请别人走。妈妈就不干，她觉得我限制她。妈妈是家庭的大管家，爸爸的工资都交给她管。

爸爸一般不管家务事,包括他平时穿的衣服也是妈妈管。但爸爸有时也会有自己的选择,比如他需要穿西装的时候。他穿西装很有样子,他很懂得西方的文化和礼仪。妈妈去世之后,我面临的主要困难是我变成管家婆了。

处世观——化敌为友 控制情绪

这是我爸爸为人处世的一个基本原则,他从不记恨任何人。他说,你想想看,二战时期,日本和德国都是美国最凶恶的敌人。现在德国、日本是美国最好的朋友。特别是德国,它对战争忏悔以后,跟美国的关系一直非常好。日本呢,它不肯完全忏悔,但在政治上一直与美国保持一致。即使是珍珠港事件,美国使用了原子弹也没有影响他们两个国家的关系。

一件事你做得对的话,就可以化敌为友。

有时候看到别人写文章或者在网上骂他,我们后代忍不住就要反驳。他说不要争辩不要解释,这是他的对策。这些攻击事实上都伤害不了他。别看他个子不高,内心实在很强大。

小时候偶尔我也顶撞父亲,他真是不发脾气。可是他也是个有脾气的人。

有一次爸爸要去参加一个重要会议，司机来晚了，结果迟到了。他对司机说，你怎么搞的，把这么重要的事情给耽误了，以前好几次我都没有说你。司机跟我还是好朋友，后来我对司机说好话。还有一次是我帮爸爸去订购火车票，订票后五天才能拿到火车票，可是五天以后售票处又说票没有了，结果又差点儿误事，爸爸很不高兴。

我也就记得他发过这两次火，说明他不是那种完全没有脾气的人。但他非常善于控制情绪，理智地考虑问题，这是他的大优点。

我们家这辈子遇到过三件喜事：第一是抗战胜利，全家人高兴得不得了，打着灯笼庆祝。第二是1949年中华人民共和国成立，他相信这是中国的机遇。第三是"四人帮"垮台。

我们也遇到过三件刻骨铭心的事情，让爸爸悲伤。第一件是失去我的妹妹，我们眼睁睁看着她因为缺乏药品治疗而死去。我妈妈一直不能谈这件事，一谈就掉眼泪的。我是家里第一个孩子，接着是我妹妹。在兵荒马乱的年代，我妈妈又生了三个孩子但都没有保住。等到我6岁的时候，妹妹5岁，她生病后送到医院，但没有检查出来是阑尾炎,后来阑尾穿孔转为腹膜炎。当时需要使用盘尼西林，爸爸托人通过部队去买药。但药没有到我们手里,中途被卖掉了,妹妹就这样死了。妈妈到临死的时候都说,我没有对不起谁,只是对不起我的女儿。这是我们家最凄惨的一段历史了,也是爸爸妈妈最伤心的往事。

第二件是我奶奶去世,爸爸很难受。他是个很孝顺的儿子,他很懊恼奶奶竟然因感冒而去世。我想奶奶对他的影响是很大的,我奶奶是个很坚强很理性的人。

最后就是我妈妈的去世。他用了半年才恢复过来。爸爸的感情不怎么直接外露,他会写在诗中。

健康观——生死豁达　科学生活

爸爸不太喜欢别人老问他为什么这么长寿，他会说你问我干什么,问大夫去! 我也不知道。不得已就说大概是基因吧,大概是不抽烟吧。他很怕人家提这种问题。

他的科学观也用在了生活上，就是科学地对待疾病治疗。他觉得他现在活一天,多一天,要高兴。

他很理性,不管胃口好坏,坚持正常的饮食。

有一回他得了黄疸,到传染病医院,给他吃褪黄素,是很苦的中药。他说,中药是有经验,但是要科学化。他反对分中医西医、中国近代医学、传统医疗方法,他认为医学科学是同一个范畴内的概念。他说什么事情都要科学对待,他会自己琢磨自己的身体。大夫开的药,比方说安眠药,他减半吃试试看行不行。从前他眼睛因青光眼影响视力健康,大夫让他点眼药,他坚持了四五十年,一天四遍点药,从不间断。所以他的眼睛没有瞎,好多人青光眼最后都瞎了。他在干校的时候,我妈妈每一个星期都要到医院拿药给他邮寄去。他就从来没有中断过这样的长期治疗。

他的看病比较科学,他什么都用科学方法来处理。比方说人要锻炼,他就锻炼锻炼,特别是锻炼脑子。他看了很多锻炼脑子的书。他说一天到晚,无所事事,脑子也不动,没什么追求,不思考什么事,脑子就老化得快。脑子老化得快,即使有健康身体又有什么用啊?他从不吃保健品,他对保健品的态度,一概不接受。

爸爸是搞社会科学的,但具备自然科学的理性思想。我想这跟长寿命是有关系。不抽烟是自然的,不赌钱,不喝酒,他喝一点点啤酒,统计学上来说没有多大意义。他是比较相信数据和实验的, 拿证据给我看——他是这样讲的。

他说,人最后都是要死的,必然的,没有办法的。我活得太长,把晓平搞得太累了。

他经常对我说,你不要经常来这里,跑得多了太累。但如果没有来,他就去问保姆,晓平说什么时候来啊?我觉得他可能感到我在有安全感。

他98岁的时候说我要活到100岁。他曾经说我到100岁就安乐死吧,安乐死还是很好的。但后来他说我活到105岁、106岁吧。再然后又说我到108岁还是可以吧。他说,我向来不做任何预测,也不做什么期望。任何预测可能有统计学的意义。

他提倡的是重生不重死。我活着就要好好过。

父亲让我们和更多的人懂得知识就是财富,有了知识才会真正拥有一切,知识让你可以有无限的创造。知识很重要,从这个意义上看爸爸就是坚定的百科全书派。

我的爷爷周有光

周和庆[1]

我的爷爷周有光快要100岁了。

爷爷一生的事业横跨经济和语言文字两大学科,难能可贵的是他对二者都做出了令人瞩目的成就,并在耄耋之年兴致勃勃地开始了对人类文化发展规律的探讨。我所熟悉的亲友中间,能与他媲美者,唯其连襟沈从文先生是也,后者在文学与考古这两个领域中放出了绚丽的光彩。

爷爷在外面的身份很多,研究员、教授、专家、学者,对我来说他就是一个普普通通、和蔼可亲的老爷爷。他为我做了比一般祖父更多的事,他关心我的成长、学业和前途,还关心到我的下一代。对爷爷,我心中充满了尊敬、感激和崇拜。

---

[1] 周和庆,周有光之孙女,软件工程师,现居美国。——编者注

1979 年，周有光夫妇和孙女周和庆。

我出生的时候，我们周家是四世同堂，有我的曾祖母和四姑奶奶（爷爷的母亲和姐姐），还有爷爷、奶奶、爸爸、妈妈和我。那时爷爷奶奶的家在北京城中心景山公园东墙外的一个大院子里，我出生在附近的骑河楼妇产医院。妈妈产假后回到西郊，工作紧张外加值夜班，爸爸正在接受俄语集训，两人只有周末才回来看我。爷爷奶奶自告奋勇地承担起照顾孙女的重任，时间达六年之久。

奶奶把我从妇产医院抱回家，她的老朋友送了一张旧婴儿床给我睡，爷爷奶奶不放心保姆夜间带我，把小床放在他们的卧室里，每天夜里都是爷爷亲自起来照顾我。直到现在，他提起这些事时，总说"我带孩子是非常有经验的，他们都不行"。

我能坐起来了。爷爷常常对我说，当年他写文章时就把我放在书桌后面的一张床上，用被窝堆着。我安静地坐在那里，等他一回头，我就高兴地吱吱呀呀，手舞足蹈一番；他转身去写东西了，我又一言不发地期盼着，等待他再次回头。听到这里，我恍然大悟地对爷爷说，怪不得我脑筋不好用，原来是缺乏早期教育，没有人在小时候不断跟我讲话启发智力……对于我的"牢骚"，爷爷从来都是和蔼而大度地微笑着。

273

我会走路了。爷爷奶奶决定让我去过集体生活,我至今都记得开始两天爷爷送我去幼儿园的情景。在一个新鲜的地方有玩具有小朋友,我很开心。及至发觉爷爷要走了,我着急地大哭起来,抱着他的双腿不放。幸亏有一个很会哄孩子的高老师,第三天我就不为爷爷的离去挣扎了。在以后多年的岁月里,爷爷每天送我接我。没有想到"文革"时期,这竟然成了爷爷的罪状之一,造反派质问他:"你整天不上班,就会接送孙女儿,凭什么拿那么高的工资?"这些人哪里知道爷爷夜深人静在灯光下独自爬格子的滋味;他们哪里懂得爷爷这样一个正直的知识分子那份忧国忧民的崇高心境;他们又哪里想得到这位"只会接送孙女儿"的批斗对象,他倾其半生心血所关注的事业对今天中国语文现代化的深远影响!

　　我长高了,小床睡不下了。爷爷让我跟奶奶睡大床,他另外架起一张单人床。记事以后我一直以为跟奶奶睡大床是天经地义的事情,上了初中才明白原来我是鸠占鹊巢。爷爷奶奶的朋友说我可以"骑到爷爷的脖子上他也不生气";学校老师说我是"十六亩地里一棵苗";亲戚们说爷爷奶奶把我"捧在手里怕凉了,含在嘴里怕化了"。爷爷不喜欢别人动他的书桌和抽屉,甚至不许奶奶擦书桌移文稿,偏巧我一向对他的抽屉特别感兴趣,见到好东西尤其是外国或者香港朋友送给爷爷的新鲜玩意儿都想要,爷爷也总是笑着对我说"喜欢就拿去","送给你好不好"。爷爷奶奶给了我一份充满着关爱、宠爱、怜爱和溺爱的温馨。

我记得那时每天跟着爷爷从幼儿园回来不肯进家门,在院子里和小朋友疯玩,直到奶奶叫我吃晚饭,饭后爷爷就要"写文章"了。爷爷坐在书桌的正面,我跪在侧面的椅子上,爷爷写文章我写字。我的字帖就是爷爷为我书写的"1234……""ABCD……""我你他……"当然爷爷还教我汉语拼音。爷爷给了我启蒙教育,而且在我稍有进步时给予极大鼓励,让我对自己很有信心。

家里人惩罚我的手段各不相同。奶奶最疼我,从不碰我一个手指头,生气了就拍桌子,把自己的手拍得生痛;妈妈用手打我的手心,我疼她也疼;爸爸打我的屁股,有一次打出了五个红色手指印。这一点上爷爷很有手段,用竹尺子打手心,疼得我直吸凉气,可是这一生爷爷只打过我一次,让我印象非常深刻。除此之外,爷爷还曾经把我放到很高的书架顶上去反省,爸爸知道此事后很得意地告诉我,他小时候也吃过爷爷这一招,我们还彼此交流过在上面坐着的感觉:脚不沾地,孤立无援,很是无奈。

有一天,忽然是奶奶来幼儿园接我了,而且一反常态地把她多年盘在头顶的长发变成齐耳根的短发型。回到家里爷爷也不见了,爸爸妈妈连夜把我接到西郊他们的家。我吵着要去看爷爷奶奶,妈妈说不行。奶奶与妈妈约好,到动物园"接头",把我的玩具送来。在动物园的外墙上,我看到了写有"周有光"名字的大字报,爷爷的名字被写得东倒西歪,并且画上了大红叉。后来我才懂得,现在要"文化大革命了",奶奶的头发是"四旧",要破除;爷爷是"资产阶级反动学术权威、洋奴",外加"现行反革命"被圈到牛棚里去了;而且连爷爷的老朋友从香港带来送我的漂亮裙子也是"奇装异服",不能再穿了。从此以后,天地变了,我的幸福童年也结束了。

不久,爷爷和批斗他的人一起被驱赶到宁夏平罗的国务院"五七干校"劳动改造。与此同时,爸爸妈妈也被下放到湖北潜江。爷爷奶奶的家上了锁,奶奶陪我住在爸爸妈妈家。很久以后的一天,爷爷忽然回来"探亲"了。他还是那么温文尔雅、和蔼可亲。他很得意地向奶奶展示他用橡皮膏补的裤子,又告诉我们许多在干校遇到的有趣事情,我们哈哈大笑,他也哈哈大笑。去干校的时候不允许带书,爷爷就带了二三十本各国文字的《毛主席语录》,空闲时用它们做比较文字的研究,还带了一本《新华字典》做字形的分析,许多年后他利用当时的研究结果写成《汉语声旁读音便查》。我敬佩爷爷,他没有因为"文革""干校"而失望放弃,还是和从前一样的乐观努力。其实如果了解他前半生所受到的挫折,就不难理解为什么他能够笑对生活中的一幕幕丑剧。

爷爷在"干校"期间很注意观察周围的环境民情。冬天爷爷看守白菜窖,他每天要把所有的白菜翻看一遍,将开始发烂的拿给炊事班去烧。他说,整个一个冬天,我们从来没有吃过好菜。这件事引发了他寓意深刻的"白菜理论":烂了才吃,不烂不吃,吃的全烂。他们从北京带去的黄瓜籽,在宁夏长出了个头巨大而且味道鲜美的黄瓜,成了"五七战士"日常的主要蔬菜。许多年后,爷爷展望宁夏经济的发展时说:"宁夏不仅工业有希望,农业也有希望……以色列在沙漠里面种黄瓜,销到欧洲许多地方,为什么我们不能在宁夏这个地方种黄瓜销到外国去呢?"爷爷在捡粪的时候发现了一种节节草,他突发奇想地将其摘回来,斜剪两端做成牙签,他说:"竹子做的牙签常常有刺,木头做的牙签在嘴里会变软,只有这种节节草牙签最好。"爷爷很得意自己的佳作，不仅自己用，还带了一大包回北京当成珍品送给朋友。

"文革"后期，爷爷从"五七干校"回到北京，成为"闲置人员"。他得空就抓住我教打字、教英文，又让奶奶教我古文。我是"无志者常立志"，每次下决心好好学英文了就去买一套教材，林格风、《许国璋英语》《今日英语》《新概念英语》，前前后后五六套之多，每套都有四五册。有一次我问爷爷学英语用哪一套教材最好，爷爷说："别管哪一套教材，你能学完第一本的就好。"真的，今天回想起来，哪一套教材我也没有读完第一册。为了保证学习进度，爷爷让我听电台的英语广播讲座。到了开播时间他把书递到我的手里，我只好无可奈何地放下小说，心不在焉地听广播。半个小时以后，爷爷又走过来，推醒趴在桌上睡着的我，说："醒醒吧，书都掉到地上了！"爷爷说过"机不可失，时不再来"，我想起当时的举动，悔之晚矣，却也无可奈何。

我学了好几年的小提琴，才刚刚拉出点儿音色。有一天，我正在调弦准备练琴，爷爷走过来说，我们家现在终于可以开个钢管店了，我诧异地问他什么意思，他说，我们原来开的是木材店。我这才知道，原来自己是一个噪音污染源，爷爷奶奶却从来没有抱怨过。直到今天，我回想起来

278

还很感激爷爷奶奶对我的宽容，相比之下我自己的涵养就差得太远，听到儿子弹错的钢琴声就吼起来，弄得儿子一弹钢琴就"肝儿颤"。

1976年，爷爷在协和医院做手术切除前列腺，他以达观的态度配合医生，身体恢复得很快很好。7月28日，他出院后第一次去景山公园散步。当晚唐山的大地震强烈地波及北京，随后又下起瓢泼大雨，我们居住的大院陷入一片混乱，领导以安全为由要求所有的人都待在室外。爷爷说，这样下去我要生病的，于是他选择回房间里躺下休息。大院里有人冲到我们家硬逼爷爷出去，他甚至对爷爷破口大骂，爷爷静静地躺在床上，用脸盆盖住头部一言不发，最后这人只好怏怏地出去了。爷爷说，我都七十多岁了，房子塌了死而无憾；倒是待在外面要生病，会给你们大家添麻烦。任何时候，爷爷都是这样处乱不惊，稳如泰山。他永远知道自己需要什么，该做什么，不为外界所左右。

北京当时太乱了，爸爸为我们买了加班飞机票，我和爷爷奶奶飞往上海"避难"。记得四五岁时，我第一次坐火车，是跟着爷爷奶奶去天津访友。那幅画面至今都清清楚楚地印在我的脑海里；早晨天还是灰蒙蒙的，梦中我听到有人说，"庆庆快起来吧，火车司机叔叔在等我们了。"睁眼一看，只见爷爷带着那一脸慈祥的微笑坐在我的床边。在火车上爷爷拉着我的手，穿越一节又一节的车厢去看餐车……现在，我第一次坐飞机，又是跟着爷爷奶奶。在飞机上，爷爷说，到了一个新环境要注意观察周围，尤其是安全措施。他要我读旅客安全手册，又指给我看飞机通道、安全门。他还特地把我领到厕所，由于空间有限，这里的设备都很紧凑。爷爷说："你要看好每一样东西是怎么用的，不要把脏纸丢错地方。"他说，这叫"有备无患，未雨绸缪"。从那以后，我每上飞机头一件事情必读旅客安全手册，还将这个好习惯传给儿子，他做此事比我更加积极。由此我深深体会到，家庭中长辈良好的言传身教使孩子受益无穷。

到了上海，亲戚朋友纷纷来探望爷爷奶奶。有位亲戚和爷爷早年的一位学生住邻居，两家的关系很紧张。这位亲戚来看望爷爷奶奶，话题不外乎大肆告状，控诉其邻居如何不仁不义。正巧隔日那位已成为教授的学生也来看望爷爷，他对邻里纠纷只字未提，与爷爷畅怀叙旧，作别时主动问爷爷有什么事情可以帮忙。爷爷说想看点儿书，不料次日该教授竟从其所在大学图书馆扛来十几本砖头般厚的书籍,进门时满头大汗。事后,爷爷特别找我谈话,严肃地对我说:"这两天的事情你都看到了,做人需要厚道,在别人背后指指点点的效果往往适得其反。再说,做事要讲求效果,我管不了房子的事情,也没办法解决他们的矛盾,跟我说这些事情太浪费时间……"这件事给我印象极深,至今都记得当时爷爷跟我谈话时那凝重的脸色。回想我和爷爷在一起的日子,真的想不起他发表过对什么人的不满,他总是说"这个人很好","这个人很有学问","这个人很了不起",如果谁提到爷爷不喜欢的人或事,他会说:"不要讲啦,浪费时间!"

"文革"以后,爷爷成了文改会的"外事接待员",不管哪国外宾来访都要他参与接待;很多次的外事活动,来宾都会送礼品给爷爷,而他却从来没有把礼品拿回家,他说:"我把礼物留在车子里,让司机拿回去交给领导。"美国大使馆、政协等处将送给爷爷的电影票、招待券寄到文改会办公室,常常到了爷爷手里就只剩下一个空信封;邻居有人曾经把小厨房盖在我们家通往厕所的必经之路上;单位应该分给爷爷的房子屡屡被别人抢走……爷爷对生活中发生的这一切,从来都是淡淡地付之一笑,说:"不要为这些事情浪费时间,要把时间和心思放在做学问上。"

我上初一那年,好朋友LXM全家移居香港了。从上小学一年级,我俩就好得形同一人,不仅白天上学腻在一起,下午放学和周末还腻在一起。乍一听说她要走而且永远不会再回来了,我顿感世界末日的来临。整整一个晚上,我滴水未进粒米未沾,第一次尝到了失眠的滋味。是爷爷,耐心地开导我:世界很大路也很长,事情会变的,中国也不会总是这样下去。你的性格很开朗,还会交到其他朋友的……果然,多年后中国政策变了,我大学毕业出国读书,LXM是第一个远道而来拜访我的客人,我俩又重逢了!而且,我在北京历经的三所中学,还有大学和工作单位,以及在北美居住的若干地方,每到一处都结交了情投意合的永久朋友。爷爷真的料事如神。

在读书期间,第一次婚姻的触礁使我跌入万丈深谷。我一度心灰意冷万念俱灰,中断了学业,中断了与几乎所有朋友的往来,像一只把头埋在沙堆里的鸵鸟,只顾打工,不问其他。我给家里写信说,我被漩涡卷得快要失去自己的重心了……爷爷来信简单而坚定地说:"你要停止打工,尽快完成学业,找到工作。目前的生活费我帮你解决,供你六个月拿到学位。"我又羞愧又难过,我这么大了还要爷爷操心,而且他手里那些外汇都是"一点一滴"攒起来的,他给新加坡、中国香港等地的学术杂志写文章,每次稿费只有十元二十元。我怎么好意思用他老人家的钱呢。爷爷的信让我下决心痛改前非重新做人,并回到学校注册读书。

这时,我遇到了生命中的Mr.Right,他积极鼓励我并且以实际行动支持我读完学业。好事多磨,我们都还没有毕业时我怀孕了,有了孩子不能打工再加额外开销,而且以后该如何带着孩子读书?我的情绪再一次落入低谷,不知今后生活如何着落。这期间,爷爷接连给我写了六封信,开导我鼓励我激发我,再一次把我从落魄中救了起来。他说:"孩子一定要留下,你可以在满月之后送回北京,我们愿意帮忙带他。"还给未来的曾孙起个名字,男的就叫"安迪",取意"安定";女的就叫"安妮",取意"安宁",爷爷说:"你这个人太吵吵闹闹了,希望你的孩子安静一点儿。"

1993年,我的儿子周安迪出生的时候,我们周家又是四世同堂,这次应该说"四世同球"。不过,爷爷起名字的初衷却没有实现,儿子长大了比我还要吵吵闹闹,在课堂里常因废话太多遭老师罚站。安迪在北京住过一年,爷爷奶奶对他越看越喜欢。爷爷总是嘱咐我说,不要对安迪太凶,不要逼他念书。

2002年8月14日,亲爱的奶奶因心脏病逝世了,先生和我带着儿子从旧金山赶回家为奶奶送行。那天深夜我陪着爷爷坐在他的小书桌旁,这是我第一次看到他的眼圈红了。他说,奶奶走得太突然,谁也没有想到。又说,奶奶身体一直很弱,可是她的生命力却是那么旺盛,她是那么有活力。爷爷在纸上将唐代诗人元稹的诗句写给我:昔日戏言身后事,今朝都到眼前来。他自嘲地说:"真的都来了。"我担心他过度悲伤影响健康,他却平静地对我说:"你放心,我知道该怎么做,希望在这个时候不要给你们添麻烦。"我离开房间的时候忍不住回头,看到爷爷那孤独的身影,两行热泪顺着腮边滚滚而下;平日里,爷爷坐在书房的时候,有奶奶在身边"红茶电脑,两老无猜",可是以后,奶奶不会再来了⋯⋯

在亲戚朋友的帮助下,我们火化安葬了奶奶。爷爷提醒说:天气太热,不要惊动高龄亲友,尽量简单地处理一切。而且爷爷自己也听了我们的话,乖乖待在家里,没有去送葬。我知道爷爷注重的不是表面而是内涵。果然,两年来爷爷为其倾尽心力绞尽脑汁的事情,是出版奶奶的遗作《浪花集》和《昆曲日记》。爷爷以他98岁的高龄,不折不挠地寻找机会,终于感动了上帝,据说现在两本书都到了排印阶段。爷爷说："这是对奶奶的最好纪念。"

2003年圣诞节,我带着儿子回北京探望家人。爷爷看起来面色焦黄,我们怀疑他得了肝炎,次日我和保姆小田陪他去北京佑安医院看病,住进病房不到五分钟,主治大夫就将一张"病危通知书"递到我手里,对我说:"这么大岁数得肝炎的可能性不大,倒是肝胰脾的恶性肿瘤……"我怔在那里,然而爷爷却按照他的老习惯去检查防火通道了。及至发现老先生不见了,七八个医生护士都急得叫起来:"快把老爷子找回来,让他平躺,不能动!"爷爷被她们架回来,还是平素那一脸的微笑,嘴里不断地说:"不要紧,不要紧,慢慢来。"紧接着就有护士拿来长长的铁架子为他绑床,怕他夜里摔下来。他说不用绑,护士不听他解释,怕老人脑筋不清醒。我说:"老爷爷还在写书出版呢,你们就听他的吧。"就这样,我陪着爷爷住了下来。你不能不佩服中国人传小道消息的神速,不久打水的、扫地的、送饭的以至左邻右舍能走动的病员、家属或者看护,都来窗外一饱眼福,看看这个97岁老头儿"好嫩的面相"。爷爷高兴地说:"我是大熊猫,让他们来看吧!"

在等待检查结果的日子里,我们每天都是提心吊胆的,只有爷爷平静地对小田说:"你放心,我会跟你一起回家的,我还有好多东西没有写完呢。"在住院期间,大夫为爷爷做了X光透视、B超检查、CT扫描、核磁共振,再加上无数次的抽血化验,检查肝胰脾脏,没有任何结果,主治大夫一筹莫展。我心里暗笑:绕了一大圈,还是爷爷自己独具慧眼,打一开头就很有把握地断言自己是"药物中毒"。

　　在北京探亲十天,我在病房里陪住了整整五天。我很高兴这五天里的每一分一秒都和爷爷在一起,多少年没有这种机会了!我想,这也许是上帝安排好的,让我能够重新体验儿时在爷爷奶奶身边的温馨,只是苦了爷爷每天打点滴,两只胳膊都打成青紫色了。当我得知爷爷身体状况基本正常时,心情放松下来,回到妈妈家里休整。第二天,我这个多年不发烧的人居然高烧40度,这时候离我们的归期只剩下三天了。

　　爷爷真的跟着小田一起回家了,我在大洋彼岸给他打电话,他说:"庆庆,你放心,我都好了,你放心吧……"听到这里,我的心好酸,眼泪成串地掉下来,爷爷永远都是想到我们,想到为我们做什么,想到不给我们添麻烦。我哽咽地说:"爷爷,我想你……"

　　爷爷耳朵聋,不知道他听见没有。

　　爷爷常常对我说:"人生就是一场马拉松长跑,不要太在乎一时之长短"，"人无远虑，必有近忧。"以他自己为例，因为家道中落，大学毕业后只好放弃出国留学继续深造的梦想，去教英文并兼做银行的差事来赚钱养家。而他在圣约翰大学的同学，多半家境富裕，毕业后直接去美国留学者颇多；更有在美国西点军校毕业回国做军官者，威风凛凛，好不神气；当年银行界的许多朋友，年轻有为，叱咤风云。爷爷年轻时身体羸弱，患有忧郁症、肺气肿等疾病，算命先生说他活不过35岁呢。诗云："少壮能几时，鬓发各已苍！"前些年爷爷常常感叹说"访旧半为鬼"，这些年他的一代同龄人更是多半归西，往日的朋友不再来拜访。爷爷说过，人过了80岁就要重新算起年龄，"我从80岁开始新生命"。他现在真如20岁壮年，依然生活自理，思路敏捷。虽然淡出了中国语言文字的学术舞台，可是代之而来的是他近年写的许多杂文小品文，用笔精湛，思想开朗，充满了信息时代的朝气，连年轻人看了都自叹弗如。爷爷戏称自己是"漏网之鱼"，脱出了20世纪那张网，进入到21世纪。难能可贵的是，他依然站在时代的前列。

2004年9月写完　2013年11月略作修改

编后絮语

庞旸

这本书首版付梓出版的时候，大约正值周有光先生109岁生日。周老于108岁出版了皇皇十五卷的《文集》后，正式封笔。值此之际，将先生百岁前后所写的大量文化散文，精编出这样一个选粹本，以飨更广大的读者群，也算是完成了我的一个夙愿。

我与周有光先生年龄相差半个世纪，却于20世纪70年代初的"文革"大乱中，戏剧性地成为"五七干校"校友。当然，那时的我，一个"五七小童工"还不认识先生。与先生交往，拜先生为师是六年前的事。读先生百岁前后的文化论著，我感到眼前打开了一扇窗，一扇清楚地看历史、看人生、看世界的窗。以前困惑不解混沌不清的许多问题，在先生这儿找到了答案，整个人也变得通透豁达起来。于是，拨开忙忙碌碌世俗生活的烟尘，时不时来到先生的书案前，

288

与先生对坐,听先生讲东讲西,成了我心灵的某种需求。

周老有句名言:"终身教育,百岁自学。"他85岁才从语言文字的专业领域退休,回到家中一间小书室中,每天大量阅读中英文书籍、报刊,将读后的文化思考写成一篇篇散文、随笔、杂文。百岁前后的十几年中,他几乎每个星期都有一篇文章问世,平均每两年就有一本文化散文集结集出版。在这些文章中,他提出了"科学的一元性""双文化论"以及人类历史演进"三分法"等新的理论观点,理清了一些复杂的世纪难题,振聋发聩。

常有人来请先生题词,他题道:"学而不思则盲,思而不学则聋","要从世界看国家,不要从国家看世界","了解过去,开创未来;历史进退,匹夫有责。"

当代思想文化界的学者、作家,以及对文化感兴趣的广大读者中,无论是老年、中年、青年,都有许多周有光的"粉丝",深深服膺和敬佩着周老。这种现象,被称为"老年人燃烧,中年人取暖"。我还要加上一句:"青年人受益。"这是为什么呢?我觉得,这不仅因为周老历经一个多世纪的风风雨雨,有许多坎坷而充满传奇色彩的人生经验;更因为他是学贯中西,打通各个学科的"通人"。他对历史、现实、文化问题的思考,不囿于一时一地、一族一派的窠

289

白,打破现实功利的羁绊,站在整个世界文明史发展的角度,所以他看得深,看得远,看得透彻。这些真知灼见,确实有助于当代中国人更好地"学"而"思",更好地"从世界看国家",更好地"了解过去","开创未来"。

一位工作了一辈子的老人,为何不在耄耋、百龄之年安享生活的回报,还要这么费心费力地学习、思考和写作呢?我认为这是优秀知识分子探求真理、探索真知的内驱力所使然,也是"历史进退,匹夫有责"的内心召唤所使然。他早已功成名就,这种努力学习、勤奋工作,早已远离现实的功利目的。"朝闻道,夕死可矣",周老真真切切践行了圣人的话,而他的精神似乎也感动了上苍,使他拥有了令世人羡慕不已的健朗、长寿的人生。

先生的文章,还好在它的通俗平易。他曾对我说:"我的文章,中学生都能看懂。我是搞科普,专门的文章,用很普通的话来写。就是翻译外国的人名、地名,也不一定完全按照原文,要让老百姓看得懂。"写高头讲章,许多学者都能做得到;而像周老这样能用极为简单平实的语言,讲清非常深刻复杂道理的,却不多见。作为文字改革家,他躬亲实践了自己"语文大众化"的主张。因此读周老的文章,给人一种如沐春风的轻松感,似乎一位睿智的长者在同你对面聊家常。"聊"过之后你会发现,自己在心智上不知不觉长进了不少。

但周老从不以青年导师自居。他不认为自己说的就是终极真理,总是鼓励人们尤其是青年人独立思考,欢迎对自己的文章提出质疑和批评。他说:"得到有益的批评,我心中十分高兴。如果招来谩骂,我要郑重感谢……在万马齐喑的时代,能听到刺耳的声音,那是真正的时代进步。"这是多么坦荡的胸怀——周老的文章给予我们的,首先还是高尚人格的熏陶。

这就是我接受百花文艺出版社徐福伟编辑之邀,为读者编这样一个选本的理由。这本书可以说是面向读者大众的一个更加通俗的选本,所选文章,基本囊括了周老文化散文短篇的精华。

本书出版,得到周老本人和他家人的大力支持、帮助,并请到邵燕祥先生撰写序言,在此表示衷心的感谢!

2013年7月18日